JN088093

探検家とペネロペちゃん

目次

私には異様にかわいい娘がいる

探検家などという肩書で生きていると、人からは沢田研二の『サムライ』のような、世間的な幸せや安逸な暮らしには背中をむける、ストイックで男のロマンに殉じる人間だと思われることが多い。もちろん『サムライ』という歌はべつに探検家の生き様を歌ったわけではない。しかし日本語の〈探検家〉という言葉は、この歌にこめられた未知なる荒野に足を踏み出す男のロマンチシズム――それは一歩まちがえればひとりよがりな男の自己憐憫《れんびん》にすぎないのだが――が丸出しなので、そのような探検家という肩書を自分から好きこのんで名乗っている私は、必然的に、きっとこの人は『サムライ』みたいな人なんだろうなぁと思われがちなのである。つまり、ありがとう、ジェニー、おまえは本当にいい女だったー、おまえと暮らすのが幸せだろうな、だけど、ジェニー、あばよ、ジェニー、オレは行かなくっちゃいけないんだよ～というのが、探検家としてわりと誰もが納得できる人物像である。

ジェニーがどれほど美人で、ジェニーと暮らす日々がどんなに幸福であろうと、探検家はそれを打ち捨てて世界の辺境に旅立たないではいられない。そんな純情一直線な人間であるだけに、その幸福に対する価値基準はほかの人のそれとは完全にズレていて、世間で良しとすることを良しと思わないし、恥ずかしいとされることも恥ずかしいと思わない。細かいことはまったく気にしない、豪放磊落《ごうほうらいらく》で、ちょっとおかしな挙動をする人間だというのが一般的な探検家に対するイメージだ。探検家ならば当然、日頃の服装などには頓着せず、むさくるしい格好をしているはずだし、ちょっと油断すればそのへんでチンポコなどを出しかねない。変な人物像であるほど探検家的によりベターだというわけだ。

以前、ロシアの国道一号線を自転車で旅するという番組に出演したとき、スタート地点であるベラルーシとの国境検問前でスタッフからサンドイッチを豪快に貪《むさぼ》るよう依頼されたことがある。文章でも映像でも物語というのは最初に受け手側の心をつかまなくてはいけない。探検家ならば探検家らしく腹を空かせてサンドイッチでも食べてもらわないと、番組の導入としてはインパクトに欠ける、とスタッフは考えたのだろう。私は、こんなトラックの行き交うホコリっぽいところで普通サンドイッチなんか食べないだろ、挙動不審すぎるでしょと思いつつも、スタッフが豪快にバクッとお願いねみたいな感じで要望するものだから、まぁテレビなんてそんなもんかと思いつつ、なるべくその意向に沿うかたちで探検家らしく豪快にサンドイッチに齧《かじ》りついた。実際の私は昔から食べ物は行儀よくしっかりと噛んで食べるタイプで、食事にはことのほか時間のかかる人間なのだが、テレビのスタッフはとにかく世間的な探検家像に沿ったイメージで伝えることしか頭にないので、私の実像などはっきりいってどうでもいいのだ。

このように探検家と名乗っただけで世間は探検家的固定観念で私のことをとらえようとする。服装などは気にせず、ベラルーシとの国境では腹を空かせてサンドイッチを頬張り、ちょっと油断すればそのへんで陰部を露出しかねない危険で豪快な男、カクハタ。日常生活においても奇人変人、カネと女という俗欲には関心がなく、日頃の言動も意味不明。一年中ほとんど海外を飛びまわっており、連絡をとろうとしても、まずつかまらない。そんな人物像である。

だが私はこのような固定観念や偏見にこりかたまった見方があまり好きではない。というか、きらいだ。実際の私は全然ちがう。その意味では全然探検家的ではない。一年の多くを日本の、しかも東京のど真ん中で暮らしており（註・その後、東京のど真ん中からは引っ越した）、性格は小心翼々、食事はしっかり嚙んで食べるので時間もかかるし、細かいところまで自分のなかでしっかりと詰めないと行動に踏み出せず、二年ほど前からは口臭を気にして朝も歯磨きをするようになった、床のホコリの気になる小さな人間なのだ。たしかに時折、北極圏や世界のわけのわからないところに旅立つことがあるとはいえ、そのような日常の外に飛びだす時間は私の生活の三分の一ほどを占めるにすぎない。のこりの三分の二は全然探検とは関係なくて、基本的には二歳の娘のオシメを替えたり、お風呂に入れたりと妻の育児の七分の一ぐらいを手伝いながら原稿書きをする普通の父親にすぎないのである。

そう、私には娘がいる。探検家のイメージ論からすると、つねに世間ズレしたうごきをしているべき奇妙な肩書の男に娘がいて、しかも陰でこっそり慈《いつく》しんでいるというのは何かしっくりとこないものがあるかもしれない。家庭があって娘がいて夕方に「おかあさんといっしょ」を見ながらブンバ・ボーン！　を踊っているんじゃあ全然サムライじゃないじゃないか、この人は探検家としては偽物、エセ探検家ではないかといわれても仕方がない事態だ。でも現実に私は探検家であり、かつ娘もいて、これを慈しんでしまっているのである。

しかも、困ったことに私の娘は異様にかわいい。異様にかわいいのだ。問題の核心がここにある。

おいおい、自分の娘を異様にかわいいとか公言するなんて、こいつ親バカにもほどがあるなぁと思われるかもしれないが、私はべつに親バカかどうかという次元の低い議論をしているのではなくて、純粋に客観的かつ公平的基準からして私の娘は異様にかわいいということをいっているのである。人間の赤ちゃんの見目容貌を何らかの判断で数値化する基準があれば、百点満点中九十点ぐらいの得点をつけるぐらいに、かわいい。つまり誰が見てもかわいい。同じマンションのおばさんが見てもかわいい。公園で暇をつぶすオッサンが見てもかわいいし、ハルク・ホーガンが見てもかわいい。たしかに赤の他人の子供でも、子供を見たら、かわいいですねの一言ぐらいはいうものだが、それはまあ社交辞令のひとつであって、心のなかでは別にそんなにかわいいとは思っていないのが普通だし、むしろ赤ちゃんのくせになんという不細工な顔をしているのだろうか、かわいそうに……と不憫に思いつつもかわいいですねぇと口にしていることのほうが多いと思うが、しかし私の娘にむけられるかわいいは、そういうたぐいのかわいいではない。私の娘を見るとほぼあらゆる人が、かわいいですねぇと声をかけてくるわけで、そのかわいいは言葉の真の意味でのかわいいなのだ。

それほどかわいい娘がいるだけに、長期の探検に出かけるとき、私は身を引きちぎられるほどつらく、そして切ない思いをする。好きでやっていることとはいえ、なんでこんなかわいい娘を家に置いて自分は北極くんだりに行かないといけないのか、と。そして私は旅立つとき、心のなかで娘にこういい聞かせるのだ。

ありがとう。おまえはかわいい子だった。おまえと暮らすのが幸せだろうな。だけど、あばよ、オレは行かなくっちゃいけないんだよ〜。寝顔に〜♪、キスでもしてあげ〜たいけど〜、そしたら、一日、旅立ちが〜のびる〜だろ〜♪。男は〜誰でも、不幸な、サムライ……。

あれ、これじゃあ沢田研二の『サムライ』そのまんまじゃないか。

まあ、いいか。私は探検家、私は『サムライ』。ならばせっかくだから、これから娘のことをジェニーと呼ぼう。

と思ったが、妻の里子にそのことを話すと、娘にジェニーという愛称は似つかわしくないと反対された。ちなみに娘の本名は平仮名で〈あお〉というのだが、本名で文章を書くと文体が現実に拘束されて躍動感がなくなるし、それに〈あお〉という名前は、たとえば〈しかしそのときになってもあおはなかなかその場から立ち去ろうとせず〉といった文章を見てもわかるように、名前が周囲の平仮名に埋没してしまい文意が通りにくくなる。この二つの理由からこのエッセイのなかでは娘の名前を何らかの愛称で通したいと考えているのだが、妻はジェニーは嫌だというのだ。というのも、ジェニーというとどうしてもタカラから発売されている十三頭身ぐらいある、どこか優等生的雰囲気をたたえた、あの金髪人形を思い浮かべてしまう。だが、うちの娘はどちらかというと顔がまん丸、なで肩で四頭身、かわいいけれど、かわいいのだけれど、言動や挙動が手のつけられないほど剽軽《ひょうきん》者で、優等生というより奇妙な生き物感のある子供に育ちつつあり、とてもジェニーという愛称に堪えられそうにないからだ。

彼女はやはりジェニーというより、むしろペネロペ。いうまでもないことだが、ペネロペというのは絵本の「ペネロペ」シリーズのキャラクターでもなければ、ホメロスの叙事詩の主人公オデュッセウスの妻ペネロペイアのことでもない。ずばり、ストレートにペネロペ・クルスである。もちろんペネロペ・クルスだとジェニー同様、娘のキャラが堪えられないが、それをペネロペと省略すると一気にコミカルな小動物感が出て、不思議とその実像とマッチする。ちなみに出典は私のブログだ。娘が一歳のときに書いたそのかわいさに関する記事のなかで、私は〈買い物でスーパーに立ち寄ると、おばさんたちからキャーキャーといった茶色い歓声が必ず澎湃《ほうはい》として湧き起り、困惑する。完全に椎名町のアイドル。農村地帯をペネロペ・クルスと歩いているみたいで、ひじょうに目立つ〉と書いた。それ以来、私の娘は私のブログの読者から陰でペネロペちゃんと呼ばれていた可能性が高い。

ということでペネロペ誕生。これからしばらく娘のこと、というか娘を育児し、観察し、一緒に遊んで、少なくない時間を共有することで私自身が発見したこと、子供ができたことで私の世界が崩壊して新たな世界が立ちあがってきたこと、すなわち私自身のスクラップアンドビルドについて語りたい。

濁流・黒船・阿部正弘

自分で思うのだが、私は意外に保守的な人間だと思う。基本的に変化を望まない人間だ。ハハハと笑われるだろうか。

探検家などという到底一般的ではなく、また、リスクを冒しているかのように見える生き方を選んだ人間のわりには、意外なことをいうではないか、と思われるかもしれない。また著書で探検や冒険の脱システム的側面を論じたり、ブログで時折思いついたように首相安倍に公然と罵詈雑言《ばりぞうごん》をあびせているわりには何をいうのかと疑問をもたれるかもしれない。

しかし、肩書が探検家だろうと政治的に反安倍だろうと、私の考え方は保守的であると思う。というのも私は今後もずっと探検をつづけていきたいし、物書きとして生きていきたいと考えているからだ。つまり所詮は現状維持、変化を望まない前例踏襲主義的な木っ端役人と何も変わらないスケールの小さな人間なのである。突然、思い立って、今の仕事をすべて打ちすてて農家になったり、家族からはなれて世界放浪の旅に出たりといった、周囲を唖然とさせる思い切った行動に出られないのが私という人間のダメなところである。

　ふりかえると結婚するときだって、ええい、もうどうにでもなれ、オレの人生、と半分やけくそになることではじめて決断することができた。妻には申し訳ないが、以前、社会学者の鈴木涼美さんと対談したとき、なぜ結婚したのですかと訊かれて、思わず「濁流に呑みこまれて……」と答えたことがあったが、その答えに嘘偽りはない。結婚したら独身時代よりは生活の自由はなくなるだろうし、経済的にも財布の紐を妻にしっかりと握られるかもしれず、そしたら探検に行けなくなってしまうかもしれない。そうした、いわゆる〈将来に対する不安〉というやつが私に結婚をためらわせていた。つまり私は探検の自由と時間が確保されている現状を維持したいがために、結婚に対して抵抗感をいだいていたわけで、その点、超保守的な人間なのである。

　したがって当然のことながら子供をつくることにも大きな抵抗感をもっていた。

　以前、べつのエッセイでも書いたことがあるが（『探検家の日々本本』参照）、登山の世界では子供ができたことがきっかけで山から足を洗う人間が少なくない。登山界には就職北壁、結婚北壁、育児北壁という三大北壁がそびえており、この三つの巨大な壁をのりこえて登山をつづけるのは難しいとされている。学生のときに山をやっていても就職を機に足を洗う。就職をのりこえても結婚したら足を洗う。就職、結婚を登りきった強者《つわもの》でも、さすがに子供ができると山をやめざるをえない。こういうパターンがじつに多い。

この三大北壁のなかでも育児北壁の難易度は群を抜いて高く、就職北壁の登攀《とうはん》グレードがM4、結婚北壁がM5だとすれば、育児北壁はM6ぐらいあるとされている。どんなにズルしてもWI6などは登れない自分の登攀能力を考えると、育児北壁を完登するのは想像を絶するほど難しそうだ。実際、私のまわりでも出産を機に山に行かなくなった人が何人もいるし、逆に子供ができてからも本格的な登山をつづけられているのはM5とか6とかを軽く登るトップクライマーにかぎられているように思える。つまり実際の登攀能力と育児北壁を完登することには現実的な相関関係があり、M5とか6とかを簡単に登れるぐらい登山に気合いを入れた人間でないと育児北壁をのりこえるのは難しい、ということのようである。国内登山でさえそんな状態なのだから、子供ができたらもう海外探検なんて不可能になるのではないかと、現状維持、前例踏襲主義的人間である私は無意識的に怯《おび》えていた。

もちろん妻はさりげなく、子供欲しくないの？　とか訊いてくる。そのたびに私は、うーん、そうだなぁ、まぁ、まだいいかなぁなどといって曖昧《あいまい》にはぐらかしては、なんとなくお茶をにごしていた。しかし、絶対に子供はつくらないぞと決断していたわけではないので、できたらできたで、ま、いいか、というい加減な気持ちも一方ではコレあり、そのときの気分や勢いによっては、というかほぼ百パーセント、避妊せずにコトを終わらせていた。そんなふうにとくに確固とした方針があるわけでもなかったので、そのうち自然の摂理にしたがってまもなく妻は妊娠した。

ただ、不思議なのはそのあとだった。妻から「妊娠したぁ！」と聞かされたとき、私は、自分でも意外なことに、「え、本当！　マジ？」とかいってニコニコとうす気味悪い笑いを浮かべていたのである。あれだけ自分の生活が変わることに抵抗感をもっていたのに、いざできてみると、急に新しい未来が開けたような明るい気持ちになって、奇妙なほど気分が昂揚したのだ。

予想外の感情の出現に、逆に私は、その刹那、慄《おのの》いた。これが本能というやつなのか。これがワトソンとクリックが発見したＤＮＡの二重螺旋《らせん》構造の真の意味なのか。自分の遺伝子をのこす生命現象には、理屈を超えた原始的な歓喜が宿っているというのか……。あるいは私は、自分でも気がつかないところで人生を根本的に転換させる何かを期待していたのだろうか。

そう、変化を望まない超保守的性向をもつ典型的日本人である私は、結婚時のことをふりかえってもわかるように、濁流の襲来、あるいは黒船来航のような外圧が生じなければ自分の人生を転換させることはできない。だとすると妻から妊娠を告げられたときに私が感じたこの妙な昂揚は、ペリー提督がやってきたときに見せた老中阿部正弘の狼狽《ろうばい》と共通する何かがあったにちがいない。もしかしたら阿部もまたあのとき、江戸幕府が崩壊して自らの運命が混沌の渦のなかに巻きこまれてしまうことに、ハハハ、もうどうにでもなれや、みたいな開き直りに近いある種の爽快があったのではないか。首相安倍には死んでも共感しない私であるが、老中阿部には変なシンパシーを感じた。

妻は濁流、娘は黒船、私は実質的な権威を失った政治体制の最高責任者。これがわが家の現在の家族構成である。私は濁流&黒船という自分がコントロールできる領域の外側からやってくる不可抗力によってしか、自分の人生を未知なる世界に開国することはできない。子供ができて黒船が来たら現状維持もクソもないわけで、ひとまず私の人生は一度解体され、再構築され、そして不可避的に新たなフェーズに突入することになるだろう。濁流、黒船、阿部正弘。家族って本当に素晴らしい。そう思うと自然と肝も据わったのか、妻のお腹がどんどん大きくなるにしたがって、私もどんどん楽しみになってきて、どんな子供が生まれるのか待ち遠しくて仕方がなくなった。できたらできたでめちゃくちゃ楽しい、それが子供である。

もちろん楽しいだけではない。子供とは二重螺旋構造そのものであり、利己的な遺伝子に潜在的に刻まれたコードが現実態として物体化したナマの生き物だ。いいかえると遺伝の神秘に触れる機会であり、生命がこの世に連綿と子孫をのこそうとする魂の本源そのものである。子供は実存を超えた何か、実存にかたちをあたえる何かを親に付与する。そして子供によって親は思考ではなく実践を通じて自分が何のために生きているのかを認識する契機をあたえられる。子供ができること、それは私自身を発見することであり、人生の意味を見つめ直すことであり、人間そのものを理解することである。

最初の新しい発見は、まず妊娠期間中の妻を観察することによってもたらされた。それは男と女の世界認識に関する新しい洞察といえるものだった。

妻の里子は普段、運動などあまりしないタイプの人間なのだが、その彼女が妊娠をした途端、まるで肉体の奥からわきあがる生命倫理に啓発されたかのように二時間の散歩を日課にするようになった。夕飯を食べたあと、私たちのあいだでは夜道をゆっくりと歩き、西武池袋線沿線の自宅から池袋まで往復するのがつねとなった。散歩だけではない。妻は妊娠が進むにつれて順次、雑巾がけやヒンズースクワット等のハードワークを開始、出産にむけ、さらなる肉体強化を欠かさないようになった。

同時にみるみると膨らんでいくお腹。最初はぽっこりと、今日は夕飯を食べすぎたのだろうか、という程度の膨らみだったのが、日に日に大きくなっていき、妻は次第に立派な妊婦さんの身体《からだ》になっていく。そしてそれにともなってヒンズースクワットの回数も百回から百五十回、百五十回から二百回と徐々に増えていった。

気づくと妻は何やら、ことあるごとにニンプという言葉を口にするようになっていた。もちろんニンプとは人夫ではなく妊婦のことである。

「この前、電車でニンプが立っていたのに、中年のおじさんが走ってきて、そのニンプの前の席を奪っちゃったんだよ、ひどくない？」

「ひどいね、そのオヤジ。だいたい下らんオヤジどもにかぎって最近の若者はマナーがないとかいうけど、あいつらが一番マナーがなってないんだよ」

妻はことあるごとにニンプはさぁ、ニンプってさぁと、いかにニンプであることが特殊で異常な非日常的状態であるかを口にした。その口ぶりは何やら自分がニンプであること、ニンプ族の一員であることに誇りと気位をもっているようにすら感じられた。

そんな妻を見ていると、こいつ、今、生きているな……と私は感じずにはいられなかった。

これまで私は何度か探検冒険旅行をくりかえすうちに、人間は自然に触れているときにだけ、生きている実感をもつことができるのだと考えるようになった。自然とは人間の生と死をつくりだす根源的な基盤のことである。北極圏や冬山やヒマラヤの峡谷地帯などの深い自然のなかを旅していると、暴風雪やシロクマの襲撃や滑落などで死を身近に感じる機会が少なくない。そもそも自然とは人間に制御、管理できるたぐいのものではなく、どんなにこちらが注意をはらっても、自然が本気で牙をむけば死を回避することなど不可能である。そのように生存が脆弱な状況のなかで、リスク管理して命をつむいでいくところに冒険や登山の面白味はある。死が身近にある自然のなかにいると、人間は自分の生のなかに死を取りこみ、そのことによって自分の生をはっきりと実感できる。だから危険を承知のうえで冒険家や登山家は性懲りもなく、また極地やジャングルやヒマラヤの高峰にむかうわけである。

だが、ちょっと考えてみたらわかることだが、出産という生命現象にもこうした冒険行為による自然体験、命実感活動と近い側面があるのではないだろうか。なにしろ子供は性欲という人間の本能＝本人に完全に制御できない衝動、すなわち自然によってつくりだされた別個の生命であり、別個の生命である以上、いくらわが子といえども親には完全に管理制御できず、その意味で子供は自然そのもの、極地そのものであるからだ。つまり妊娠とは胎児という大いなる自然を自らの肉体のなかに取りこんだ状態だ。私が極地におもむき、自分の外部にある制御できない自然を経験するのとおなじように、妻は子供を肉体のなかにかかえて制御できない自然を経験する。男は外側、女は内側で自然という生と死に触れて、お互い生きることの深遠を知覚する。その意味で、妻がこれから臨もうという出産プロセスには自分の極地探検と同質の意味がひそんでいるのではないか、と私は考えるようになった。

そうした目で見てみると、彼女が毎日欠かさない池袋までの散歩、雑巾がけ、ヒンズースクワットという一連の運動も、私がはじめて北極圏に行く前につづけていた五十キロの荷物を担いでの歩荷《ぼっか》トレ、荒川河川敷タイヤ引きと同じ意味合いのものなのかもしれない。ニンプはさぁ、ニンプはさぁと話す口ぶりのなかにも、エベレスト遠征前に記者から「なぜ山に登るのか」と質問されて答えた、登山家マロリーの「そこに山があるからだ」という、あの有名な科白《せりふ》と同じ矜持が感じられないでもなかった。

いや、というより、妻を見ているうちに私には、妊娠・出産には極地探検やヒマラヤ登山などがおよびもつかない自然体験度、命実感度があるのではないかというふうに思えてきたのだ。胎児は、自分の子供とはいえ、他者である。別個の生命体である。ことなる生き物が自分の腹のなかにいて、自分の管から栄養分が注入され成長し、蠢《うごめ》いているのである。想像を絶する話ではないか。

たとえば北極で橇《そり》を引いて歩いていて風速十五メートルぐらいまでに風が強まったため、手が凍傷にならないように慌ててテントを立てて、なかに駆けこんでコンロに火をつけてホッとしたときなど、私は自分の生が今ここに存在していることをわりとビリビリ感じるのだが、でもそんなものは所詮、外側にある自然と私の皮膚との表面的な接触にすぎない。そのとき私の身体と北極の暴風はまったく別個の事象として分割して存在しており、テントのなかに入りさえすれば暴風から簡単に逃れることができるわけで、そう考えると大した話ではない。それに対して妊娠とは氷点下三十五度、風速十五メートルの風が腹のなかで暴れまわっているようなもので、妊婦と胎児という大いなる自然はひとつの肉体のなかに同居し完全に溶けあって存在しているのである。

完璧なる自然との融合。それは、おそらく極地や登山で感受できる自然とはレベルのまったく異なった世界形態であるにちがいない。

いったい妊婦は胎児を腹にかかえることでどんな感覚を得ているというのか。

妻の腹が出てくるのを目の当たりにしながら、私はその感覚を知りたくて仕方がなかった。だが、どんなに考えたところで、男である私にはその状態は想像がつかない。想像力の貧困な私には、お腹のなかにある異物ということで、どうしてもでっかいウンコを溜めこんだときの、あの腹部の窮屈感を思い浮かべることしかできない……。

あるとき、妻に冗談で訊いてみた。

「胎児がお腹のなかにいる感覚って、どんなんなの？　でっかいウンコがある感じ？」

すると妻は思いもよらない答えを口にした。

「うーん、そんな感じかな」

私は愕然とした。え、そんなもんなの？

だとしたら、オレ、けっこう毎朝そんな感じなんだけど……。

ドキュメント出産
所詮オレたちにはウンコしか出産を想像する武器はない

子供が生まれることで世の中のあらゆる親たちは自らが組みこまれた世界が崩壊し、新たな世界が生成されるという、これまでにない感覚をもつことになる。すべての親たちが語るように、人生に最大の変化をもたらすのは結婚ではなく出産だ。結婚は所詮、愛情という情緒的な誼《よしみ》にもとづいた赤の他人同士の結合、契約、誓いであり、お互いの同意があればやり直しや破棄ができる気安さがある。結婚により生活自体は激変をとげるかもしれないが、しかしそれによって身体の生理的な組織や、周辺の世界をふくめた自分という人間の構成全体が完璧に変容してしまったという感覚を得ることは、ないだろう。しかし子供はそうではない。子供ができることで人間ははじめてそれまでの古い過去から脱皮している自分を感じることになる。かりに長い人生で自分が大人になったと感じる一瞬があるとすれば、それは子供ができたときだ。子供は親たちの環境を破壊し、実存をはげしくゆさぶり、親の世界をそれ以前のものと断絶させ、その拠《よ》って立つ基盤そのものを変化させる。もう後戻りはできない。私は変わってしまったのだと。

当たり前のことにあらためて気づかされることもある。胎児を腹のなかに宿しているときの妊婦の感覚は、大腸のなかにでっかいウンコがつまっているときの感覚に似ていないわけではない、という妻の予想外の一言は、人間の認識能力の限界をつきつけるという意味で箴言《しんげん》といえた。話はすこしズレるが、人間はまったく新しい生物を創造することはできないという説をどこかで聞いたことがある。未知の生物を考えて絵に描こうとしても、既存の動物の部位を寄せあつめたモザイク状のキメラしかつくることができないというのだ。男が妊婦の感覚を想像するときも同じことがいえるのかもしれない。自分の身体のなかに別の生命体が育っていく妊婦特有の感覚をいくら頭のなかで思い描こうとしても、私の記憶のストックのなかには腸のなかに排泄物が充満しているときのものぐらいしか類似した身体感覚がないものだから、ついそれをもとに類推してしまう。あまりに頓珍漢なのはわかっているのだが……。

考えてみると娘は、その愛くるしい容貌とは裏腹に、生まれるまでウンコ絡みの話がつきまとうタイプの子供だった。そもそも妊娠判明時からそうだった。妊娠が判明したとき、妻はずいぶん長いあいだ、トイレのなかに閉じこもって何かしていた。なかなか出てこないので、私はてっきり池袋西口にある山椒のたっぷりきいた激辛痺れ系中華料理店で汁なし担々麺を食べすぎて腹でもこわしているのかと思っていた。ところがそんな私の推測をあざ笑うかのように、妻は突然トイレのドアをばたんと開け、満面の笑みを浮かべながら喜びの大声をあげて飛びだしてきた。

「妊娠したぁ！」

妊娠という事態を想定していなかった私は一瞬うろたえた。妻は下痢に苦しんでいたのではなく、じつはこっそり妊娠検査薬を試していたらしいのである。

そうだ。きっと出産の際にウンコ絡みのバカ話が連発したのも、結局のところ出産を排泄を媒介してしか推測できない私＝男の認識能力の限界のせいにちがいない。

娘の出産予定日は十二月二十四日、もしそのとおり生まれていれば誕生日とクリスマスを同時に祝えてプレゼントもひとつにまとめられるという、親にとっては経済的に安価にすませられる非常にナイスな日だった。その頃になると、妻の腹はパンパンに膨らんで、針を刺したらパンと破裂して飛んでいきそうになっており、日課のヒンズースクワットの回数も増えているようだった。

ただ出産予定日の十二月二十四日になっても陣痛ははじまらなかった。出産予定日は最後の月経の開始日から機械的に計算しただけのもので、個々の母体の事情を考慮に入れているわけではない。その意味でズレるのが当たり前で、とくに初産は予定日よりも遅い傾向があるらしく、予定日に陣痛がはじまらなかったのは、まあ、想定内だった。ところがその二日後の検診でも陣痛の兆候は見られなかったので、私たちは少し心配になってきた。あまり出産が遅れて胎児の身体が大きくなりすぎると産道をとおらず、帝王切開となる危険があるからだ。

都心にある大学病院の担当医は、ちょっと姉御肌みたいな感じの、テキパキとした話し方をする女医で、妻の状態を丁寧に説明してくれた。

「いまのところ年内に生まれる感じはしませんねぇ。まあ、今日、誘発剤をつかって産むとなると、失敗したら帝王切開になるリスクがあるから、それは避けたいです。もう少し自然分娩を待って、それで陣痛がこなかったら、年明けに誘発剤をつかいましょう」

ただ、あまり遅れると病院の年末年始の休日がぶつかり、年内に陣痛がはじまらなかった場合の対応は病院の診療が再開する一月七日以降になるという。出産という意のままにならぬ自然のいとなみより、病院の営業予定が優先されるのは何だか理不尽な気もしたが、いずれにせよ私にはそれが心配だった。

「しかし心配なのは七日まで待ったら子供が成長しすぎて産道をとおらなくなってしまうことなんですが……」と私は訊いた。

「それはないない」と女医は笑って断言した。「二週間待っても産道を通過することは検査で確認しているから」

そういうと女医は診察台で寝る妻のところにもどった。カーテンの向こうから「痛い！痛い！」という妻の悲鳴が聞こえてきた。

女医が私にこう説明した。

「いまグリったから、今日生まれるかもしれないし。自然分娩を待ちましょう」

〈グリる〉という動詞は生まれてはじめて耳にする言葉だった。その語感からすると、どうやら母体の股間に指を突っこんでぐりぐりと子宮口を広げる措置のことをさす隠語なのだろう。子宮に刺激をあたえて陣痛を促進する効果を見こんだ作業ということか。女医によると、このグリリングにより子宮口が二センチから三センチに広がったから今日にでも陣痛がはじまるかもしれないという。


グリリングが効いたのか、女医の言葉通りその日の夕方から妻の腹部に不可思議な痛みがはしりだした。

「明日生まれるかもしれないねぇ」

スマホで陣痛時計を見ていた妻がつぶやいた。

「どうして？」

「なんか五分ごとに子宮がキューッと痛む」

「陣痛なの？」

「わかんない。でも、こんなに痛くなくていいのかな。みんな死ぬほど痛いっていっているのに」

妻によると、痛みは病院からの帰り道に池袋のビックカメラに寄って血圧計を購入したあたりからはじまったとのことで、最初は三十分おきだったのが、今では五分おきになっているという。

ついにはじまったか！　と思うと急に私はおたおたしだした。いったい自分は何をしたらいいのだろう？　どうすっか、どうすっかと口走りつつも、何から手をつけていいのかわからない。というか何かやることがあるのかさえわからない。

もしかしたら何もしなくていいのではないか、という気もした。

しかし、隣で妻がこれまでに経験したことのない大冒険に挑むというのに、夫である私が指をくわえて見ているのも変である。とりあえず私もまた翌日の打ち合わせをキャンセルし、お風呂の掃除をするなどしてちょっと気ぜわしい感じになってみた。そして、ふと啞然とした。人生を共に歩むと約束した妻が出産という人生最大の事業に臨もうとしているまさにそのとき、パートナーである私は業務上の予定に気をもんだり、家事をささやかに手伝ったりするぐらいしかやることはないのである。

妻はここぞとばかりに最後の追い込みをかけてヒンズースクワットをつづけていた。

「何回やったの?」と訊くと、「今日はこれで五百回」と彼女はこともなげに答えた。

正直、おったまげた。半端な数ではない。腹に数キロの錘《おもり》を詰めこんでの五百回なのだ。私は小さい頃に子供向けの力士名鑑で読んだ、横綱千代の富士が一日千回の腕立て伏せをこなして肩の脱臼癖を克服したという伝説的な逸話を思い出した。しかし妻のスクワットを見ていると、千代の富士の努力も大した話ではないように思えてくる。少なくとも負荷的には千代の富士クラス。妻がこれから挑もうとしている出産とはいったい何なのか……。全盛期の北の湖とがっぷり四つに組みあって、投げの応酬の末に最後は頭をつけ左前まわしを引きつけて出し投げ気味に寄っていくような感じなのだろうか……。

グリってスクワットするうちに、陣痛のピッチがさらに速まってきたらしく、妻はついに病院に相談の電話を入れた。ところがプロであるはずの病院側もそれが陣痛なのか意外と判断が難しいらしく、案外冷たい対応をされたらしい。

「助産師さんも医者じゃないから、どうしたらいいのかわからないみたい。あなたはどうしたいんですかと逆に訊かれた」と妻がいった。

といっても妻のほうもはじめての出産なので陣痛なのか確信が持てないようだ。あらゆることがシステム化された現代社会。わからないことがあったらグーグル検索やヤフー質問箱に文字をうちこむ私たち現代人は、つねに答えらしきものをあたえられる環境に慣れきっている。出産に際してもチェックシートみたいなのがあって、それに該当するのが三つ以上あると陣痛なのですぐに入院してくださいみたいなマニュアルがあるのだと思いこんでいたが、案外、そこまで流れ作業で事がはこぶわけではないらしい。考えてみると、出産という生命現象はシステム化されていない混沌とした自然そのものであるのだから、曖昧なのは当たり前のことなのだが。

「病院もけっこう他人事《ひとごと》なんだな」と夕食の皿洗いをしながら私はいった。

「陣痛が三分から五分間隔になったら入院したほうがいいってネットには書いてあるんだけどね」

「じゃあ、もうやばいんじゃないの？」

「でも生まれてきそうな感じがしないんだよね」

「何、生まれてきそうな感じって？　そんな感じがするわけ？」

「前駆陣痛かもしれないし」

「ゼンクジンツウ？」

「陣痛のまえに弱い痛みがくるの」

「ということは、そのあとに本陣痛がくるんだろ？」

「四、五時間でくる人もいるし、二日後にくる人もいるし、こない人もいる」

「なんだよ、それ。いい加減だな」

私は今更ながら妻を質問攻めにした。そして土壇場になって出産について自分が何も知らないことに気づき、内心やや恥じ入った。池袋の散歩に毎日つきあうなど一見よりそう姿勢でいながら、じつはそれはうわべだけで、本心では全然関心をもてていなかったことを思い知らされたのだ。

「初産だとこっちも全然わからないんだよね」と妻がいった。「人によって痛みも全然ちがうみたいだし、腹痛みたいな人もいれば、生理痛みたいな人もいる」

「痛みのない人っていないの？」

「いるらしいよ」

「でも陣痛がないと、いつ子供が生まれるかわからないんじゃないの」

「病院に行ったら、もう子宮口全開ですっていわれた人も、ネットにはいた」

「それ怖いね。じゃあ、痛みがなくて知らないうちに子供がヌルッて出てきちゃうこともありうるわけ？」

「いや、イキまないと生まれないから」

そして妻は恐ろしい話を教えてくれた。

「でも陣痛がなくて、下痢かと思ってトイレに行って踏ん張ったら赤ちゃんが出てきちゃったなんてこともあるらしいよ」

さすがにゾッとして、「それはシャレになんないな……」と私はいった。

「でもそれが本当ならさ、逆に陣痛かと思って病院に行ったら、赤ちゃんじゃなくてウンコが出てきちゃうこともありうるわけだ」

そういって私は皿を洗いながらゲラゲラ爆笑した。いやー傑作だ。ウヒヒヒヒ。それにしても便所に放り出されたというその赤ん坊はどうなったんだ？　ウンコと赤ちゃんをまちがえるってことは、結局、陣痛も巨大なウンコを排泄するときにともなう痛みを極限に拡大した現象にすぎないってことなんじゃないの？　などと思いながら笑いを止められないでいると、妻の白けた視線に気がついた。

＊

そんな阿呆な会話をしているうちに妻の陣痛ははげしくなり、夜中の十一時過ぎに予約していた陣痛タクシーを呼んだ。用意していた荷物をたずさえタクシーにのると、運転手が破水シートなる聞き慣れない備品を後部座席に敷いた。病院には三十分ほどで到着し、受付をすませるとすぐに妻は診察室へとはこばれた。入院が決まり、手続きを終えて妻のいる陣痛室にむかうと、陣痛計とでもいうのだろうか、見たことのない大きな機械から妻の身体に配線がのびており、隣のモニターに胎児の心音と母体の腹部の膨張の度合をしめす数値がグラフとなって表示されている。助産師によると子宮口の開きは三センチとまだ外来診察時と変わらず、出産にはやや時間がかかるかもしれないという。妻は陣痛の波がくるたびに顔をゆがめた。

点滴のための注射針を腕に刺すことになった。ただ、不幸なことにそこは大学病院で、担当するのは若い経験のない研修医だった。研修医は太い点滴用の針を、血管が細くて注射的には難易度の高い妻の腕にブスリと突き刺しては、あれ、どこかなぁ、血管に刺さんないなぁなどとふざけたことをつぶやきながら、申し訳なさそうな表情をいっさい見せずに、針をぐりぐりと皮膚のなかで動かし、そしてダメだとつぶやいてはまた針を抜き刺しするという、途方もなく非常識なふるまいを何度もくりかえした。そのたびに妻は激痛に顔をゆがめた。私は拳をぐっと握った。そして、この頓馬《とんま》で無神経な研修医の胸ぐらをつかみ、顔面に膝蹴りを何度も打ちこみ、そのこじゃれた眼鏡ごと激しく容貌を変形させて、二度とお天道様のもとを歩けないようにしてやろうじゃねえか……と心のなかで思ったが、そんな勇気はないので怒りをグッと呑みこんだ。

ベテラン助産師にかわると、ようやく点滴の針はスムーズに刺しこまれた。妻がふたたびベッドに横たわる。すると不思議なことに私のお腹も痛み出してきた。

もしかしたら自分も陣痛の痛みの一部を共有できるのではないか、と私はまた阿呆なことを考えていた。

「なんか、オレも腹が痛くなってきたよ」

「なんで？　夕飯の豚肉があたったのかな」

「いや、陣痛がうつったんだろ」

「うつんないでしょ」

「さっきの話じゃないけど、こっちが先に生まれそうだよ」

「またウンコの話？　バカじゃないの」

未明までは精神年齢のひくい会話をかわしながら出産の瞬間を待つ余裕があった。しかし時間が経過するにつれて妻の陣痛は激しくなり、痛みの波におそわれるたびに、身体をよじって「ううぅ、ううぅ……」と苦悶の声をあげるようになった。その後、何度か検診があったが、助産師によると胎児がおりている兆候はあるものの、相変わらず子宮口の開きは遅いらしい。一般的に子宮口が十センチ開かないと子供は出てこられないといわれているが、朝の検診でも四センチしか開いていなかったというのである。陣痛の間隔は短くなっているのに、子宮口の開きがそれにともなっていないのだ。

このままだと帝王切開になってしまうのではないかと私も心配になってきた。帝王切開するとつぎの子供ができてもまた帝王切開しなければならない確率が高くなるし、身体にメスを入れること自体、できれば避けたい。妻はすでに大変な痛みに耐えており、フー、フーと腹式呼吸をくりかえし、両手でベッドの柵をつよく握りしめ、足の指も痛みで変な形に折れ曲がっている。

「自然に産みたい、自然に産みたい、頑張れ、私……」

自らを鼓舞する妻の姿を見ていると、彼女は今とてつもない戦いを演じているのだと思い、私も胸が熱くなってきた。何か手助けしなければと思い、腕や足をマッサージしたり、励ましの声かけなどをしたりしたが、しかし妻からするとただウザいだけだったようで、「どこも触らなくていいから……」「二酸化炭素をこっちに吐きかけないで」などと逆に迷惑がられてしまう。思えば一カ月ほど前、二人目の出産を終えたばかりの姉の自宅を訪ねたとき、出産時にそれをやられると妊婦は鬱陶《うっとう》しいだけだから絶対にやるなと注意されていた項目を、私は丹念になぞっているだけだった。

そのあとも妻の頑固な子宮口はなかなか十分に開かなかった。朝九時になってようやく担当女医が出勤して検診したときは、子宮口が四センチから一気に七センチまで開いており、午前中には分娩にはいれそうだと言われてホッとしたが、でもどういうわけかそれから、子宮口は七センチからピタリと開かず、ふたたび予断を許さない状況となった。女医からは、このまま不十分な陣痛がつづくと、いざ出産のときに母体に体力がのこっていないという危険な状態になりかねません、子宮の疲労も考えると帝王切開しなければならない可能性も高いので、そのときはご決断ください、みたいなことをいわれて、さらに緊迫感が高まった。正午になると女医のアドバイスを受けて陣痛促進剤が投与されることになった。

妻の悶絶は途切れることなくつづいている。その横で、私は、それにしても自分はいったい何のためにここにいるのだろうと頭を悩ませていた。じつは今回出産に立ち会うため、私は予定していたグリーンランドの探検行の日程を二カ月ほどあとにずらしていた。探検行が私に生きることの秘密を教えてくれるのと同様、出産によって妻は実存をかみしめているにちがいない。探検を延期したのは、妻が女として、いや人間として脱皮して変貌をとげるであろうまさにその瞬間を、彼女と人生を共にすると約束した一人の人間として、しっかりとこの目で見届けてやろうと考えたからだった。そしてどうせ立ち会うなら、なるべく出産に自分が参画する余地を増やしたいとも思っていた。ところが、実際に出産の現場に立ち会ってみると、私にできることなど何もない。こと生殖に関するかぎり男など射精する以外、まったく無力、というか無駄な存在なのだ。

しばらく悶絶する妻の横でボーッとしていた。そして、もはや自分にやれるのは、病院の一階に入っているセブン－イレブンに行って昼飯を買ってくることぐらいしかない、と気がつき、妻用にゼリー状ドリンク二本と、自分用にカツカレーを買ってきた。

陣痛室にもどると、妻の陣痛ははげしさを増しており、もはやゼリー状ドリンクさえ口に入れられない修羅場と化していた。後日知ったことだが、促進剤が投与されると陣痛の痛みは倍加するらしい。さすがにその悶絶ぶりを見ると、隣でカツカレーを食べることに良心の呵責《かしゃく》をおぼえる。しかしともかく買ってきてしまったものはしょうがないので、看護師にバレないように一気に腹につめこんだ。

そして午後一時の検診をむかえた。苦悶し絶叫する妻を診察した女医は、私のもとに近づいてこういった。

「陣痛間隔も短くなっているし、赤ちゃんも下におりてきているけど、子宮口が七センチから動かないみたい。最初は陣痛の間隔が短いせいで子宮口が開かないのかと思ったけど、促進剤を打ってもこれだということは……もしかしたら、ちがったのかも……」

私は一瞬、耳を疑った。この人はいったい何をまちがったというのだろう？　促進剤ではなく何か別の毒物でも投与してしまったのか？

「何がちがったんですか？」

「そうじゃなくて、もともと産道が狭いせいで、子宮口がこれ以上広がらないのかもしれません。つまり奥さんの身体の問題です。あと一時間頑張って、それでも開かないようなら帝王切開をおすすめします」

その後一時間の妻の悶絶は、横にいるだけの私から見ても、まるで地獄の業火に焼かれているような凄まじさだった。陣痛の波がくるたびに「ぎゃあ、痛いっ！　腰が砕けるっ！」と絶叫し、寝台の柵をがんがん拳でぶん殴り、その勢いで陣痛計を蹴っ飛ばした。陣痛計のプラグが抜けてしまうと何かまずいことが起きるかもしれない、とあせった私は、反射的に機械をササッと横にずらした。妻はぐわぁぁと阿鼻叫喚の悲鳴をまきちらし、脂汗をにじませ、顔を真っ赤に染めて「もう無理！　もう無理！　腰が砕けるよー」と悶《もだ》えまくり、波が静まると一転してはあはあと息を荒らげて、「私、産めるかな、大丈夫かなぁ」と力のない声を漏らす。

「大丈夫だって。産める。絶対産めるって」

励ますことしかできない私であるが、その壮絶な奮闘ぶりを見ているだけで、胸に熱いものがこみあげてくる。それにしても母親にこれほどの難産を強いるとは。なんたる頑《かたく》なな子供だろう。薬物を使ってまで、早く出てきなさいと登場を促進しているにもかかわらず、絶対に嫌だと断固拒否する態度を貫こうとしているのだ。今ならよくわかるが、娘は、誰に似たのか、親のいうことを素直に聞かないひねくれた性格の持ち主で、誕生前の時点ですでにその性分を存分に発揮していたのだ。

ついに午後二時となり運命の最後の検診のため女医が入室してきた。通常分娩か帝王切開か。妻は相変わらず、うぎゃあ、あふあふ……わひぃぃぃぃ！　と泣き叫んでいる。だがその凄まじい悶絶絶叫暴乱ぶりを見た瞬間に、女医ははっとした表情をうかべ「あ、これはさっきまでの陣痛とあきらかにちがう」と冷静につぶやいた。そして診察をはじめて、「いける、いける」と明るい声を出し、少し離れたところに待機していた私のもとに駆けよって「大丈夫です。この一時間で一気に開いて、九・五センチまでいきました。下から産みましょう！」と高らかに宣言した。妻のもとに近づき、「大丈夫だって。普通に産めるってさ！」と告げると、妻も「よかった……」と嬉しそうにうめいた。

即座に分娩の準備がはじまった。すぐに若い助産師が待ってましたとばかりにあらわれて、大学の研修医など見学のための数名も白い衝立《ついたて》の向こうから一緒にカツカツカツと靴音をならして登場した。

これまでの長い陣痛の苦しみにくらべると、分娩は非常にスムーズに進んだ。分娩専用の寝台に移された妻は両脚をぱっくりと開かされ、いわゆるM字開脚の姿勢で固定された。

イトーちゃんと呼ばれる若い助産師が簡単ないきみ方を指導しただけで、リハーサルも何もなく分娩はすぐにはじまった。

「痛みがきたら大きく深呼吸して。横むいちゃダメ。まっすぐの体勢にならないと、産道もまっすぐにならないから」

イトーちゃんがテキパキと妻に声をかける。その声にあわせて妻がウーンと顔を真っ赤にして踏ん張った。

「顔はこちらにむけて。目を開いて。息を吸ったら、そこで止めて！」

両脚の上にはシーツがかけられておりよく見えなかったが、妻はいきみ方が上手《うま》いようで、もう産道から子供の頭が見えているらしい。さっきの悶絶状態からあれよあれよという間にもう誕生の場面にきりかわり、私はその目まぐるしい展開に対応できないまま、ただ緊張して作業を見守った。

「そうそう、上手、上手。もう頭が見えてますよ。髪の毛がふさふさです。はい、目を開いて。そう！　息を吸ったら、止めて」

「ふうはあ、ふうはあ、うーん」

「はい、ウンチを出すように気張って！」

幸運なことにウンチは出なかった。何度もいきんでいるうちに子供の頭がじわじわ外に出てきて、横で声援をおくる私の目にも次第にその姿が見えてきた。ついに生まれる、ついに生まれる……。その瞬間を記憶に刻みつけようと私は目を凝らした。イトーちゃんが外に出てきた赤ん坊の頭部を滅菌手袋をした両手でつかみながら、妻がいきむタイミングにあわせて、回転させるようにして引っぱり出していく。イトーちゃんの手からは赤ん坊の頭が吸いついたようにはなれない。ちょうど頭の一番大きな部分にさしかかると、妻がふたたび悲鳴をあげた。

「ウウウ、痛いー」

「がんばれ、もう少しだから！」

妻が顔を真っ赤にして何度もいきむと、分娩の核心ともいえる赤ん坊の頭部が、助産師の手にみちびかれるようにヌルリと抜け出てきた。つぎの瞬間、羊水がどっとあふれ出し、白いプラスチックのような光沢をもつぬるぬるとした小さな身体がツルンと勢いよく飛びだしてきた。生まれましたよお、と助産師が嬉しそうに叫び、同時に赤ん坊の元気な泣き声が分娩室にひびく。私は感情がはげしく昂《たか》ぶって、過去に経験したこともないし、これからも絶対に経験することはないであろう感動で涙があふれて、何も見ることができなかった。臍《へそ》の緒や胎盤がどのように処理されたのかも、確認する余裕はなかった。

「がんばったね……」

ぐったりとする妻に、私は喉の奥から声を絞り出した。助産師が生まれたばかりの赤ん坊を抱いて妻に顔を見せてあげると、妻は「かわいい」と静かな笑顔を見せ、ぐったりと脱力した。

こうしてペネロペは誕生した。ちなみに本名のあおであるが、最初は碧という漢字をあてるつもりだったが、急に私が心変わりして平仮名にすることに決めた。それには当然理由があった。生後数日経ったときに宇多田ヒカルがラジオで、本名は光だがデビューのときにヒカルと片仮名にひらくことにしたと話しているのを聞き、もしかしたら私の娘も将来、音楽界や芸能界にデビューして宇多田ヒカルのように名前を片仮名や平仮名に変えるかもしれない、それならいっそのこと今から平仮名にしたほうが賢明ではないか、と考えたからである。

別格

現在（二〇一七年）、わが家族は東京都千代田区市谷近辺にある某集合住宅に居住しているが、その集合住宅で管理組合長をつとめるFさんというご高齢の白髪の紳士は、目下、ペネロペの大ファンである。引っ越しの挨拶でご自宅を訪問したその日、ペネロペを見初めたその瞬間から、Fさんは「かわいい子だねぇ。名前は何ていうの？　あおちゃん？　ありゃりゃもひゃー」と一部不可解な言語を発し、細い目を一段と細めて事実上閉じ、まなじりの傾斜角を六十度という限界ラインまで押し下げ、見ていて憐れなほどペネロペにデレデレだった。

Fさんが関心があるのはペネロペただ一人である。私と妻のことは眼中にない。私が一人でエレベーターで一階に下りてFさんと顔をあわせて「こんにちは」と挨拶しても、Fさんは返事をしてくれない。高齢で耳が遠いのだろうか……と最初は当惑したが、じつはそうではないことにすぐに気がついた。ペネロペがいないからだ。ペネロペを同伴していない私などFさんにとって存在論的に無価値、無意味なのである。妻が一人でFさんと会って挨拶したときも、はて、あなたは誰でしたっけ？　みたいな感じでキョトンとされ、「あおの母です」と説明してようやく思い出してもらえたという。ペネロペのいない妻もまたFさんの記憶のなかに居場所を占めていなかったわけだ。

このように私たち三人とFさんが邂逅《かいこう》したとき、Fさんにとって有意味性を帯びて認識されるのは娘ペネロペ、ただ一人である。娘はFさんにとって、彼の存在を解除する者である。有名な生物学者ユクスキュルの環世界の概念によれば、マダニは野獣や人間が肉体から発する酪酸《らくさん》を知覚して皮膚に取りつき吸血する生き物であり、マダニの環世界を構成するのは酪酸と皮膚と体毛のみであるとのことだが、さしずめFさんがマダニだとすればペネロペは酪酸である。集合住宅のエレベーターホールで私たち三人とFさんがばったり出くわしたとき、ペネロペは酪酸としてFさんの存在を解除し、存在を解除され、ついでに武装も解除されたFさんは一匹の巨大なマダニと化して、ツツツツーと機械反応的に娘に吸い寄せられていく。酪酸のまわりには別の臭いの成分や皮膚の垢や汗など（つまり私と妻）もこびりついているが、マダニと化したFさんの世界で意味を成しているのはペネロペ酪酸だけ、私と妻は彼の知覚の対象となっていない。かりに私と妻が顔面を真っ赤に塗りたくり、乳首に巨大なピアスをつけ、陰部を露出し、槍を持ち、雄叫びをあげながら怪獣踊りを踊ったとしても、生態的に考えてFさんが気づく見込みはうすそうだ。

だからといって私は、私と妻の存在を無き者であるかのように取りあつかうFさんの対応に不快なものを感じているわけではない。むしろFさんをしてそのように反応せしめ、親である私と妻の存在さえ消し去るわが娘ペネロペのかわいさの妖力に、あらためて舌を巻くばかりなのだ。

あらためて言及するまでもないと思うが、こうしたFさんのごとき反応は何もめずらしいことではない。というか普通だ。相手が人間ならばごくありふれた反応なのである。

とりわけ、それが五十歳以上のオッサンである場合、ペネロペの妖力、酩酸ぶりは極めて有効に作用するため、こうした反応を避けることは難しいようである。そう、ペネロペはオヤジキラーなのだ。山手線の車両内でケタケタケタケタケターと無邪気な笑い声をあげながら、元気一杯、天真爛漫、その持ち前の奔放ぶりを存分に発揮して縦横無尽に駆けまわるその姿を見たとき、それまで対面の座席で新聞片手にムスッと腰かけていた背広オヤジの不機嫌な顔は一瞬にして溶解し、だらしなくデレデレとなり、初孫と初対面したかのような慈愛に満ちた表情でうっとりする。

また、西武池袋線椎名町駅前の公園で原始の狩猟本能を刺激されたペネロペが「待て待て待てー」と巴御前のような勇ましさで鳩を追いかけまわすそのとき、私は、近くでたむろするいかにも不景気そうなオヤジたちが即座に週末競馬の予想談義を中断し、まるで人類の宝を前にしたかのごとき優しげな微笑《ほほえ》みをうかべるのを見逃さない。靖国通りで、サミットで、落合南長崎駅で、地下鉄都営新宿線車内で、私たちのまわりでは今日もまた同じ光景がくりかえされる。ペネロペが無意識下で放散する目に見えない酪酸を、オヤジたちは嗅ぎつけ、おばさんたちも嗅ぎつけ、もちろん若い娘さんやオフィスレディーも嗅ぎつけ、各自の存在が解除され、ペネロペ中心の環世界に有機的に組みこまれ、一斉に連関し、機械反応的にうっとりデレデレして、手をふったり、思わずはっとした声でかわいいっ！　と口走り茫然と見つめたり、猫なで声で話しかけたりするのだ。

つまり、一言でいえば別格。まさにペネロペは（彼女が二歳になるまで住んでいた）椎名町近辺の赤ちゃん界においては別格の存在だった。そしてこの別格という王者のごとき風格の漂う二文字は、じつは私が彼女を見て思い浮かんだ言葉ではなく、まったく私どもとは利害関係のない純然たる第三者が述べた完璧といってよいほど客観的な評価であり感想だった。

あれは、そう、たしか私が長いグリーンランド滞在から帰国して市谷近辺に引っ越す前、ペネロペが一歳十カ月ぐらいのかわいい盛りをむかえて、もっとも激しく酪酸ビームを放散している頃だった。

その日、私は、若干風邪気味で両方の鼻腔を美しく照り輝くライトグリーンの鼻くそでいっぱいにしたペネロペを自転車に乗せて、かかりつけの小児科病院にむかった。この病院の受付にいる二人の女性はいつも暇そうな態度を隠そうとせず、しどけない姿勢で受付台に寄りかかりながら、患者の目も気にせずにわりとざっくばらんな感じでおしゃべりを楽しむことで知られていた。とはいえ、その二人の態度は決して患者たちに不快な感情をいだかせることはなく、むしろ率直で好ましいものだった。

受付をすませてペネロペが幼児スペースでおもちゃ遊びをしていると、その二人がいつものように受付台に片肘をついた姿勢でため息を漏らした。

「それにしてもあおちゃんってかわいいよね〜」

私の耳はピクンと反応した。無反応をよそおいつつ、一言も聞き漏らすまいと二人の会話に全神経を集中させた。

「本当にね〜」

「なかなかここまではいないよね〜」

「うん、まさに別格って感じ」

受付嬢の一人がふむふむと完全に納得がいったというふうに頷いた。

このときは、ほかにもう一組母子が来院していたため、娘を別格と評することは、そのもう一人のお子さまに対して、あなたはペネロペよりも格下ですよ、容貌が劣ってますよと宣告するにひとしく、病院というわば全患者を公平にあつかわなければならない公的施設の職員としては失言ととられても仕方のない発言だった。無神経といってもよい。だが、それにもかかわらず受付の二人は娘の麗しき見目かたちに対する称賛をやめようとしなかった。他人に気遣いのない発言を病院の受付嬢がせずにはいられない、その娘の妖力、酪酸ぶりがあらためてあきらかとなり、私はむふふふ、そうだろう？　ととてもいい気分になった。別格。いい言葉じゃないか、と。

さて話は突然変わりますが、このような別格とまで評されるかわいい娘をもつ親の気持ちを、あなたはいったいどこまで理解されているというのでしょう？　別格にかわいい娘をもつこと。そこには親ならではの気苦労や気遣い、困惑があり、そこをあなたはわかっていらっしゃるのでしょうか、ということを私は問いたいのです。

はっきりいってペネロペは誕生したその瞬間から別格だった。ヌルリと産道をくぐりぬけてスポンと飛びだしてきたときから、王者のごとき佇まい、気品、高貴さをたたえていた。最初に彼女が発する別格な酪酸ビームをあびてマダニ化したのは病院の助産師だった。臍の緒を切断して、ベッドに横たわる妻のもとへ娘を抱きかかえてやってきた彼女は、「かわいい！　ものすごくはっきりとした二重瞼《ふたえまぶた》のお子さんですよぉ〜。こんなにお目めパッチリな赤ちゃん、はじめてですぅ〜」と興奮冷めやらぬ様子で、彼女のパラダイムが完璧に転換したことを告げた。二番目に酪酸ビームをあびたのはほかならぬ私である。誕生直後の赤ん坊は概して瞼が厚ぼったく腫れており二重の子でも一重に見えるのが普通で、その点についてはじつは神の子ペネロペも例外ではなかった。そのため正直、私は娘の顔をはじめて見たとき、〈はっきりとした二重瞼〉〈お目めパッチリ〉という表現を使った助産師に対して、この人、目が悪いんじゃないかと訝《いぶか》しんだ。しかし、それをさしおいてもこの娘の容貌のグレードの高さが別格であることはあきらかだったため、すぐにデレデレデレーとなり、その三十分後には妻に先んじてひとまず唇を奪っておき、最初にキスをした相手は父親であるという消えない印を刻みつけておいた。

しかしデレデレーとはなったものの、その瞬間から私の懊悩《おうのう》ははじまってもいた。病室にはべつに出産を終えたばかりの五組の母子が入院しており、移動の際などにはほかのお子さまのお顔を拝見することもある。親というのはどうしようもないもので、そういうときは、つい、隣の子とうちの子、どっちがかわいいかな〜などとこっそり比較するのが世の常なのだが、ペネロペの場合、ほかの赤ちゃんとの差は言葉の真の意味で歴然としており、どう控えめに見積もってもうちの娘のほうが断然かわいく、それは真理であった。その差、というよりむしろ生物種のちがいさえ思わせる断絶ぶりは、はっきりいって人間には格差があること、持てる者と持たざる者がいること、世界にはどう逆立ちしても敵わない圧倒的な才能や美貌が存在することをあからさまに示しており、私は申し訳ない気持ちになった。私は娘を抱っこしながら、心のなかで、まるで一回戦で優勝候補と当たってしまったかのようなこの不運な母親たちに謝罪した。どうも、すみませんでした。どうやら人類は生まれながらにして平等ではないようです、と。

この懊悩は娘が成長してからもおさまることはなかった。というのも私は自らの親としての愛情に、ある深刻な疑いをもたざるをえなかったのである。

つまり、こういうことだ。娘はかわいい。それは子を思う親としては当然のことであり、誰もがもつ感情だ。しかしペネロペのかわいさは別格である。その〈かわいい〉という意味はほかの子が親からさしむけられる〈かわいい〉とはやや異なり、親が見て〈かわいい〉という意味ではなく、純粋に客観的に〈かわいい〉という意味であり、そのかわいさには真理が宿っているということだ。誰が見ても〈かわいい〉。集合住宅の管理組合長が見ても、臍の緒を切った助産師が見ても、小児科の受付係が見てもかわいい。そのように万人がひとしくかわいいと感じる以上、私が娘のことを〈かわいい〉と思うのも結局、万人と同様、顔がかわいいからにすぎず、もしかしたらそれは親の愛情とはちがうのではないか？　いいかえれば、もしペネロペの見た目のかわいさが平均程度にすぎなかったら、私は娘のことをかわいいと思わないのではないか。私は単に娘の酪酸をあびてマダニ化しただけで、根本的にFさんと同じなのではないか？

これまでほとんど触れなかったが、じつはペネロペはかわいいだけではなく、二歳になる頃からかなり剽軽な行動をとるようになり、その奇矯な動き、大胆なファッション、奇抜な踊り方などを見ると、全体的に大変個性的というか、ケミカルな感じの性格に育っているようで、それだけに行動は自由気儘《きまま》で、いい方をかえればわがままのやり放題、躾《しつけ》に非常に手が焼けるところがあって、私も妻も毎日のようにブチ切れて怒鳴りまくっている。だが、それでも怒鳴る程度ですんでいるのは、娘の容姿が別格に優れているからで、この性格で顔が不細工だったらオレはこの子をぶん殴っているのではないかと時々、危惧してしまうぐらいにかわいいのだ。

つまりペネロペのかわいさは私に深遠な問いをいだかせるのである。親の愛とはいったい何なのだろうと。

二重螺旋

　子供ができるということは生物学的な神秘に触れる人生で唯一のチャンスである。生物とは何かを知りたいなら、生物学の教科書を暗記したり、遺伝コードを解読したり、実験室でショウジョウバエを繁殖させたり、マウスの脳ミソに電極を突っこんだりするより、子供をつくって生活まるごと呑みこまれてしまうのが一番手っ取り早い。子供ができた瞬間、それまでの自我や世界観はバリバリと音を立ててひび割れを起こし、〈私〉はいったんスクラップされてリビルドされる。〈私〉とは単に私の身体を構成しているタンパク質の塊としての身体を示す概念ではなく、有機物の塊である私が、私の外側の事象と関わり、接触し、化学反応を起こしてバチバチと火花を飛び散らせて、その火花が私のほうに降りかかってきて、有機化合物である私の身体を少しずつ焼き焦がしてさらに化学変化させていき、その変化が堆積することでじわじわと変容していき十年後にはまったく別の人格に変わってしまっていたよ、ウハハハハという、その総体だ。説明的にいいかえれば、〈私〉とは有機化合物である私、プラス、私の人格を形成している意識や精神、さらに親戚や地縁や交遊相手の異性や職場などもろもろの人間関係、また単独で探検するときの北極などなど、私が日々有機的に連動し組みこまれている世界そのものを指す。つまりユクスキュルがいうところのマダニと酪酸が織りなす環世界なのだが、子供の誕生の場合は、前述の火花でじわじわ云々《うんぬん》といったまわりくどいことをせずに、一瞬にして私の環世界宇宙そのものを焼き尽くし、完全に変革させてしまう焼き畑農業のような破壊力があるため、子供が生まれて一カ月したときには、あれ、子供がいなかったオレの今までの人生って何だったんだろう？　などと思ってしまう。

子供とはＤＮＡが人生にしかけた爆弾のことだ。ワトソンとクリックが考えだした巧妙な罠である。子供ができることで人間ははじめて二重螺旋構造の真の意味を知る。そうかっ！　二重螺旋とは単にポリヌクレオチド鎖が絡みあって配置されたデオキシリボ核酸の立体構造のことではなく、親と子供の切っても切り離せない命運のようなものを指すのか、と。そして私は今日もペネロペを両手に抱き、「お前が一番かわいいなぁ〜」といいながら居間の絨《じゅう》毯《たん》の上をゴロゴロと転がる。すると抱きかかえられたペネロペも「お前が一番かわいいなぁ〜」と呼応する。

「あおが一番かわいいなぁ〜」

「オトウチャンが一番かわいいなぁ〜」

二人でニタニタ笑って抱き、抱かれ、絡みあい、ゴロゴロ転がり、それぞれが一本のポリヌクレオチド鎖となり互いが互いを慈しみあう。これこそ細胞の内側にあるはずの二重螺旋構造が外界で現実化した真の姿である。

この二重螺旋構造はじつによくできていて、ほとほと感心させられる。私は現在（二〇一七年）四十歳。正直いってもう自分の将来には夢も希望もありません……などと思うことがある。

人間、四十にもなると自分の将来がどうなるかだいたいわかってくる。三十歳のときはまだ人生に可塑性《かそせい》があるので、オレの将来はいったいどうなるのか、新聞記者をつづけるのか、探検家にもどるのか、群馬県太田市あたりのキャバ嬢にでもひっかかって水商売に転身するのか、みたいな混沌が将来にはみなぎっていた。しかし四十になると将来から混沌さは失われ、どこか整然となり、ある程度の見通しはついてくる。私は探検家になってしまった。もはや新聞記者にもどることもないし、どうやら水商売の世界に足を踏み入れることもなさそうだ。新しいテーマを見つけては旅や探検や取材に出向き、それを著作物で表現して世の中に問うということをこれからもくりかえすだろう。もちろんそれが私のやりたいことであるわけだし、新しいテーマで探検するときの昂揚感は何物にもかえがたいものでもあり楽しいのだが、しかし自分の将来がどっちに転ぶかみたいな青年期にあった未知なる人生への期待感はしぼんでしまった。四十男の人生はすでにかたまってしまっている。少なくとも、そうであるように見える。今までやってきたことをこれからもやるしかない。

しかもかたまってしまっただけではない。四十歳は老化への恐怖がきざしはじめる年齢でもある。たしかに今はまだ十分に身体が動く。しかしそれもいつまでつづくかわからない。あと十年か、五年か、もしかしたら二年後には急激に体力が落ちるかもしれない。本格的な探検などいつまでできることやら。探検ができなくなったら、探検をベースに表現活動をしている者としては当然本も書けなくなるわけで、そうすると私の収入は激減し、作家も廃業、妻はスナックで働きはじめ家族を捨てて若い男と蒸発し、飲んだくれの親父のもとで育ったペネロペは中学生になる頃にはすっかりグレて鎖をブンブン振りまわして、厚化粧の顔でなめんじゃないわよとかいってハイヒールの尖った部分で私を蹴飛ばし、箪笥《たんす》のなかの全財産三万円を奪って逃走、二度と帰ってこないかもしれない。嗚呼《ああ》、まったく四十過ぎても人生は混沌、どうなるかわかったものではない。アレおかしいな、人生が全然かたまっていない……。

ともあれ、人生がかたまり老化にむかってゆっくりと衰退の道を歩みはじめた四十男にとって、将来は楽しみというよりむしろ恐怖である。ところが、子供ができると自分が老いるというその現実から人間は目をそむけることができる。なぜなら子供は二重螺旋的にもう一人の自分であり、そのもう一人の将来はまったく無垢でどう転ぶかわからないからだ。

たしかに子供といえども厳密にいえば他者である。しかし親の側には子供とは見えない地下茎でつながっているような不思議な感覚があって、その意味では子供というのは自分と同等であり、突如、足の根元の土のなかから生えてきた若芽のようなもう一人の自分なのである。

樹齢四十年、すでに太くたくましく毛がぼうぼうと生えたセコイア角幡の幹の隣でひょっこり顔を出したみずみずしいペネロペ若芽は、燦々《さんさん》と照りつける太陽の光と水と二酸化炭素を吸いこみながらぐんぐん成長。横でそれを見守るセコイア角幡は足元で突然自分と同等の小さな存在が誕生し、勝手に自分の人生と並行して幹をのばしていくことに当惑をおぼえながらも、その奇矯な行動、おかしなファッション、変な振りつけで怪獣踊りを踊るペネロペ若芽が面白すぎて、ナニコレ？　と思いながらせっせと肥料をあげる。そして、どうせ分身で同じ命なら、もう起承転結の転の部分まで終了し、あとは結にむかおうという自分の人生より、まだ起の最初の部分がはじまったばかりのこっちの人生を見るほうが面白いんじゃないの？　などと思ってしまう。

自分と同等、同質、同価値である以上、子供が将来どんな人間に育つかは、自分が子供だったときに自分の将来を夢想するのと同じように、というかそれ以上に楽しみであり、不安でもある。そう考えると、子供が誕生し、子供の将来に関心をもつことで、親は生物として劣化していく自分の恐るべき未来から目をそむけることができる。そしてそれは生物が老いや死から目をそらすためにDNAがしかけた巧妙な仕組みなのではないか、という気がする。そんなDNAの二重螺旋構造の大渦のなかに呑みこまれてしまった探検家であるセコイア角幡こと私。三年前の〈私〉のなかに生い茂っていた混沌とした広大な熱帯雨林のジャングルは、ペネロペ酪酸ビームによって焼き畑農業同様焼き尽くされ、ぶすぶすと煙をあげる椎《しい》葉《ば》村《そん》の山腹のそば畑みたいになった。もはや私の心にはペネロペ印のそばの種でも播《ま》くしかない。播種《はしゅ》である。すると播いた種からペネロペ顔の若芽がのびてきて、ぐんぐん太く、大きくなって私にツタのように絡みつき、私は絡みつかれ、絨毯の上でゴロゴロと螺旋状に転がりあって、ついには〈私〉をかたちづくる環世界そのものが私中心から子供中心に完全に変質してしまったわけだ。

　変質してしまった私は探検家としても一変した。具体的にどう一変したかというと、以前よりはるかに死ぬのが怖くなったのだ。

　といっても、娘が生まれる前は死ぬのが怖くなかったのかというと、そうではなくて、もちろん怖かった。しかし怖いのだけど、死ぬことにリアリティーを感じていないことも事実だった。とりわけ独身時代は、死んだとしてもそこで時間が途切れてしまうだけで、それはとんでもなく恐ろしいことなのだが、しかし死んだその先がどうなるかということがイマイチ想像できなかった。

三十歳の頃、春の立山の山中で雪崩《なだれ》に埋没して身動きひとつとれず、完全に死を覚悟したことがある。そのとき私は自分が息絶えるのを待ちながら、この遭難は新聞記事にどのように報じられるのだろうか、と極めてどうでもいいことを考えていた。これなどは自分の死後をリアルに想像できる世界を当時の私が持てていなかったことの証だと思う。ところが子供ができると世界そのものが変わるので、その感覚も一変する。もし死んでしまえば現段階で何よりも楽しみにしている子供の将来が見られなくなってしまうわけで、それは考えられないほど耐えがたい事態なのである。なにしろ子供は自分が播種して誕生した生命で、しかも若芽の頃より水をやり肥料を撒きなどしているうえ、やはり自分の命ではないことからくる、コイツどういう人間になるんだろうみたいな野次馬的な感覚もどこかにあって、ある意味、自分の人生よりエンターテインメントとしてのスペクタクル度は高い。ペネロペが生まれたことで、私には死んだら子供の将来がわからないという死のリアリティーが生まれ、死にたくないという思いが一気に増した。

最近では現場で娘の顔がちらつくようにもなった。たとえば単独で沢登りに行って悪い滝やゴルジュなどが現れると、私のような単独者は直登《ちょくとう》せずに周辺の斜面を登って藪《やぶ》のなかから迂回することが多い〈これを登山用語で〈高巻き〉という〉。こうした斜面はむきだしの岩場ではなく大抵は草付き泥付き斜面なので、一見なんとか登れそうなケースが多いので、皆さんそうだと思いますが、安易に取りつく傾向がある。しかし、じつは沢で一番危ないのがこうした草付き泥付きの高巻きで、濡れた草はツルツル、泥も湿ってぐちゃぐちゃドロドロ、ハーケンなどで墜落防止の支点も取れないし、基本的に下りは登りよりも難しいため途中で下りるに下りられず、やばいやばいと思いながら気がつくともう引き返せないところまで登ってしまっており、草の根っこをつかんで額に脂汗をにじませながら、落ちたら死ぬ、落ちたら死ぬぞぉ〜、冷静になれよぉ〜オレ、といい聞かせて、もう必死に登るしかないという状況に追いこまれる。とくに若い頃は、これも皆さんそうだと思いますが、完全に頭のなかが空っぽで行け行けドンドン、二十四時間なんとかなると思って生きているので、こうした危機におちいりがちだった。ところが子供が生まれると、こうした安易な行動にブレーキがかかる。草付き斜面を見て、ここちょっと悪そうだなぁ〜と迷っていると、頭にふと思い浮かぶのだ、娘の顔が……。昔、何度か「悪い場所では子供の顔が思い浮かぶんだ」と子持ちクライマーから聞いたことがあったが、実際にそういうことが起きるのである。おかげで最近の私は安易な判断を避けて、ちょっと面倒くさいけどより安全な場所を探して高巻くようになった。

無謀な行動に抑制をかけようとする二重螺旋をもとにした子供の強固なバインド力は、当然、登山の現場だけでなく長期探検に出発する際にも発揮される。そしてそれを無理やり振りほどいて旅に出た場合、多額の出費が発生し、具体的な金額に換算すると二十万円以上に達することが判明したのである。

*

二〇一五年三月、私は妻と娘を日本にのこしてグリーンランドへ長い旅に出た。一歳三カ月のペネロペは、容姿の愛くるしさという点において人生の絶頂期をむかえていた。それは現在の私たち夫婦が当時の写真を見て、「この頃のあおって本当にやばかったよなぁ」と嘆息を漏らすほどで、それだけにグリーンランドに旅立つときは本当に魂が引き裂かれるほどつらかった。なにしろ――結果的にはいろいろ事情があって七カ月で帰国することになったものの――出発の時点で私は一年以上家にもどらないつもりでいたのだ。この旅はいわゆる〈極夜の探検〉と私が銘打っているもので、すでに二冬を準備や偵察に費やし、三十代後半から四十代にかけての人生でもっとも脂ののった時期を注《つ》ぎこんだ人生最大の計画となっていた。当然のことながら、モチベーションは途方もなく高い。でも、だからといってわが子のもっともかわいい時期を見逃すことが口惜しくないわけではなかった。出発までの一年間、登山や取材で一、二週間家を留守にすることがあったとはいえ、私はほとんど家族とべったりで、ペネロペと絨毯の上で転がりまくって二人の二重螺旋は強まる一方だったのである。

当時のペネロペはまだ発語がままならず、父のことは「アタータン」、母のことも「アタータン」とどっちのことを呼んでいるのかさっぱりわからない状態だった。したがって私を見送ったとき、彼女が父との別離をどう思っていたのかはわからない。たぶん何も思っていなかっただろう。しかし成田空港の出発ゲートでのお別れで妻の腕に抱かれたペネロペが「アタータン、アタータン」と発語したとき、その言葉は脳内では恣意的《しいてき》に変換され、私は、頭のなかで娘と架空の会話を交わしていた。

「オトウチャン、これからどこに行くの？」

「どこってグリーンランドだよ。これから一年以上、お別れだ。オカアチャンのいうことを聞いていい子でいるんだよ」

「どうして私たちを置いてグリーンランドくんだりに行くわけ？」

「でたな。なぜ冒険をするのか。みんなそれを訊くんだ。しかしそれは愚問だぞ。冒険者になぜ冒険をするのかと訊くのは、何のために生きるのですかと問うのにひとしい。冒険には生きることの意味そのものを得られる何かがあるんだ」

「生きることの意味？　あなたバカじゃない。本気でいっているの？　あなたの生きることの意味なんか冒険にはないわよ」

「え、いったいどういうことだい？」

「あなたの生きることの意味は目の前にあるじゃない。アタシよ。私こそあなたの生きる意味それ自体。あなただって薄々気づいていたじゃない。だから前節の原稿でも書いたんでしょ。四十歳になる今、たしかにあなたは肉体的にも精神的にも人生の最盛期をむかえようとしている。体力も十分だし、思考や感受性も高いレベルで自分の世界を語ることができている。でも、それもあと五年で終わり。人生の最盛期なんてそんなに長いもんじゃない。作家だって面白い話が書けなくなって、老後にダラダラと人生訓とか語る人が多いでしょ。あなただって同じ。これはしょうがないことなの。あなたは所詮、生物という二重螺旋構造に規定された有機化合物の集合体にすぎないの。あなたはこれから、その有機化合物的限界から筋肉系を構成する細胞群がゆっくりと死滅していって、まず運動能力系から衰えていく。そして同時に脳内のニューロン結合も次第に弱まって、外の世界に反応するための感受性も低下する。その結果、若いときのように生きる意味みたいな面倒なことに頭を悩ませることもなくなるし、言葉からも力が失われて今までみたいなことは書けなくなるの。すると作家としてやっていけなくなって妻はスナックで働きだし、娘はグレて家庭は崩壊。つまり、この世のすべての物質は熱力学第二法則にしたがって崩壊の途をたどらざるをえないわけで、あなたもその例に漏れないの。あなた、今でも十年前の登山用のヘルメットを使っているでしょ？　でもあれだって熱力学第二法則にしたがって経年劣化してもう十分な強度がないはずよ。だから、オカアチャンにいって買い換えてもらったほうがいい、というわけ」

「しかし最近話題のシンギュラリティというのが来るだろ」

「シンギュラリティ？　残念ながら、テクノロジーがシンギュラリティの地点に到達して半分サイボーグ化した人間が標準になるポストヒューマンの時代が来るのは、もう少し先のこと。だからあなたが生きているあいだに非死の時代は来ないわ。恐ろしい？　でも心配しないで。そのために私がいるんじゃない。私はあなたの分身。二重螺旋的分身。いい、あなたにとって私とはそのような存在なの。あなたの人生が衰えて落葉した初冬のダケカンバの木みたいになるのと反対に、私の人生は巻機山《まきはたやま》の新緑のブナの森林のように、のびやかにみずみずしい葉をいっぱいに繁らせる。あなたは私というもう一人の自分の成長を見届けることで、自分の老いから目をそらすことができるのよ。あなたの人生はこれから私の人生に変わる。あなたは自分の人生じゃなくて私の人生を見るべきなの。今から三十八億年前、海のなかで取るに足らない原核生物が誕生して以来、生き物たちはそうやって親から子へと生の物語をバトンタッチして遺伝情報を後世に伝えてきたの。それが熱力学第二法則の恐怖から逃れるために生物が編み出した知恵じゃない。だから冒険に生きる意味なんかない。それがあるのは二重螺旋の温かな渦のなかだけ。グリーンランドなんかやめて育児に専念しなさいよ。大人になるまで責任もって私を育てて、いつの日かウェディングドレスに身をつつんだ私を送り出すとき、あなたはみっともないくらいにボロボロと涙をこぼして、こう思うはずよ。オレの人生はこのときのためにあったんだって。うふふ」

アタータンという一言におおむねそのような意味をくみとった私は、しかし、しかし……といいながら、ペネロペの妖力を振り切るようにゲートをくぐった。長い探検の旅では何が起きるかわからない。正直、五分の一ぐらい今生の別れかもと覚悟していたので、私は涙を抑えることができなかった。すでに何重にも巻きつきあう二本のポリヌクレオチド鎖だった私とペネロペはそのとき、当事者の一本である私によって無理やり引き剥がされ、バラバラで無力な一本になって浮遊したのだ。セキュリティチェックが終わりエスカレーターを下りると、ガラス窓の向こうで妻が目を真っ赤に腫らして手を振っていた。そしてペネロペも、また……と思ったが、ヤツだけは妻の横で、私とはまったく別方向のどこか遠くを指さしながら、腹をかかえてゲラゲラと笑っていた。

さて本題の二十万円の話である。

グリーンランドでは北緯七十七度四十七分に位置する先住民集落としては世界最北の村シオラパルクを拠点にしている。人口四十人ほどの小さなイヌイット集落で、人間よりも橇を引くための犬の数のほうがはるかに多く、村人は犬橇を駆り、ボートで氷海に乗り出して海豹《あざらし》や海象《せいうち》を追いかける猟師村だ。そんな辺地だが、一応インターネットを接続することは可能で、村に到着すると私は真っ先にその手続きを確認した。一刻も早くスカイプで通話して娘の顔を見たかったのだ。

しかしそこはやはり僻遠《へきえん》の地である。シオラパルクでは今も固定電話回線で接続しなければならず、しかもその手続きはグリーンランド住民でなければできない。私はヌカッピアングアという五十過ぎのオヤジから家を借りていたが、ヌカッピアングアはネットのことが何もわからないため、彼の息子のイラングアに協力してもらって彼の名前で接続申請することにした。申請するには所定の用紙に記入のうえ、まずは料金プランを決めなければならない。プランは二つあって、ひとつは使用したデータ量に応じて料金が加算されるノーマルプラン、もうひとつはたしか月額九百クローネ（日本円で約一万七千円）ほど支払い、制限容量まで使い放題のプラチナプランだ。容量の上限をオーバーすると超過料金を取られるが、制限以内ならデータ料金は割安に設定されている。どっちにしようか迷ったが、橇引きやカヤック旅行で村を不在にする期間も長いので、使ったぶんだけ支払うノーマルプランにした。あとでふりかえるとそれが運命の分かれ道だった。

私はすぐにでも申請したかったが、折悪しく国営の電信電話局がイースターの休日に入っており、村に着いてからしばらく手続きできなかった。ようやくネット回線がつながったのは到着から二十日が経過した四月十六日のことだ。画面がつながると、ペネロペは私のことをおぼえていたようで、「チューは？」という妻の声にうながされ、画面に映る私の顔にべっとりと濃厚な口づけをしてくる。そして「アタータン、アタータン」と連発した。よかった。私はホッとした。成田空港での別離の際にゲラゲラ笑う、あのふざけた態度を見たときはどうなることかと思ったが、現段階で私は忘れ去られていなかったようだ。妻によると普段「オトウチャンは？」と訊くと、玄関に飾った家族写真のところに行って私の顔を指さすらしい。最近ではついにウンチという概念を言語化することに成功したようで、「チ、した」といってお尻の不快さを訴えるようにもなったそうだ。わずか二十日間でこの進歩。自分が不在のあいだにどれほど成長するのかと思うと、少し寂しい気持ちにもなった。

それから二十日間ほどは村のはるか北にある無人小屋に物資をはこぶため不在にしたが、帰村してきてからはスカイプ三昧となった。毎日、まず朝食時に一時間から二時間ほど画面をひらきっぱなしにする。ペネロペは最初の数分だけ登場し、「アタータン」と連発して愛嬌をふりまくとすぐに飽きて退場する。それからは妻から最近の娘の成長ぶりを聞いたり、前日の遊びっぷりや友人であるシンちゃんとの絡みっぷりなどを確認したりして、そのあとはお互い別々なことをしながら、それでも画面をつなぐことで、疑似的な家族の日常生活をつくる。そして夜も三十分から一時間ほど会話を交わす。もちろん通信費が気にならないわけはなかったが、しかし娘の記憶に自分が存在しなくなることが何より寂しかった私にとって、これは絶対的に必要な処置だった。それに前年の経験からすると、スカイプをしてもネット料金がさほど高額にならなかった記憶があり、正直私は料金のことを甘く考えていた。

度胆を抜かれたのは、二回目の請求書が届いたときだ。カヤックの旅でふたたび村を二十日間ほど離れて、帰った直後のことだ。カヤックの旅では山口君という若いカヤッカーが手伝ってくれて、彼と、あとたまたま北極圏の温暖化について取材にきていた読売新聞の記者と一緒に、大家であるヌカッピアングアの家でコーヒーを飲みくつろいでいた。そこに不在中に届いたネット料金の請求書を片手に、イラングアがやってきた。請求書はイラングア名義で届いているので、彼はすでに封を開けて金額をチェック済みだ。出し惜しみするようにニヤニヤしながら封筒から請求書をゆっくりと取り出すイラングア。ジャーンといった感じで披露された請求書の金額を見たとき、私の両目は文字通りびよ〜んと飛びだした。五千九百三十二クローネ！　日本円にして約十万円だ！

「冗談だろ……？」言葉を失い茫然とした。飛びだした両目がなかなか元の位置にもどらなかった。

「一桁、ちがうんじゃないですか、これ？」と山口君がいった。

「これは、ちょっと……」と読売記者も唖然としている。「私はカナックでＷｉ－Ｆｉを使ってましたけど、プリペイドした三百クローネでもメールや普通にネットを使うぶんには十分でしたが……。さすがに何かのまちがいじゃないかな」

「娘とテレビ電話しているのがダメなんだ」ネットについては何も知らないヌカッピアングアまで口を出した。「村の接続料は非常に高い。ネットはもうやめろ」

ヌカッピアングアは重々しくそう助言したが、私はスカイプをやめることはできないと心のなかで思っていた。原因はむしろスカイプより別のことにあるのではないか……。

別のことというのは、もちろんエロ動画である。

開き直るつもりはないが、一人で家にいて、暇な時間がたんまりあって、ネットがつながっているという環境のなかでエロ動画を見ないという選択肢は、普通の健康な男の場合ありえない。それにカヤックに出る前は連日のようにアッパリアスという海鳥を捕りに出かけて、その日に捕った獲物を家のなかで捌《さば》いていたのだが、その作業のあいだ、必ずポッドキャストでダウンロードしたラジオ番組を聞いてもいた。エロ動画だけでなくその料金も大きいかもしれない。ちょうど例の集団的自衛権絡みの安保法制関連で政治的にもりあがっていた時期で、法案の問題点を指摘したニュース番組を聞いては、私も日本から八千キロ離れた異国の地でアッパリアスの胸肉を剝ぎ取りながら怒りに身を震わせていたのだ。そして鳥の解体が終わると、そのまま怒りにまかせて首相安倍晋三ならびに自民党幹部に対する罵詈雑言をブログに書き込む等の行為もしていた。

そんな事情があったので、私はエロ動画とポッドキャストはやめにすることにしたが、スカイプはつづけることにした。一応、スカイプをやめてエロ動画をつづけるという選択をしないだけの良識はあった。ただしこれまでのように野放図につなぎっぱなしにするのではなく、朝の三十分だけと時間を制限することに決めた。

「とんでもない通信費が届いたよ」と妻におそるおそる報告すると、「え、本当？　いったいどのぐらい……？」と妻も不安げな顔をした。「もしかして……五十万ぐらい？」

「え？」彼女の反応に逆に私のほうが驚いた。いったいこの人、どういう金銭感覚しているんだろう？　でも、その一言に救われもした。金額を伝えた途端、もう二度とスカイプはしないし、日本に帰ってこなくてもいいといわれかねないとビクビクしていたからだ。

「いやいや、そこまでではないけど。……十万円」

「なんだ」と妻はいった。「五十万ぐらいかかったのかと思ってびっくりした。でも十万円って、よく考えたらひどいね。それより無事に帰ってきてよかったよ」

じつはカヤックの旅では海象の襲撃を受けるなど危険な目に何度か遭ったので、妻はスカイプ料金のことより私の帰還を喜んでくれたのだった。

それからは公約通りスカイプは朝の三十分だけにとどめ、ポッドキャストも、あとエロ動画も——差し迫った場合をのぞいて——封印した。そのあと、村には二週間強滞在したが、またカヤックの旅に出発する日が近づき、家族とお別れの日がやってきた。画面越しとはいえ毎日顔をあわせているとペネロペが成長しているのがよくわかる。最後の通話のときは機嫌がよくて私の顔を見るなり「好きー」といって、モニターを抱きしめて画面にキスの嵐を降らせてきた。「オトウチャン、しばらくお別れだよ」と妻がいうと、ペネロペは「いやー」といってそっぽをむいてどこかに行ってしまった。

そして四十日後、私は二度目のカヤックの旅を終えて無事、村へと帰ってきた。カヤックをたたんで装備をしまい、前回と同じように山口君と二人でヌカッピアングアの家を訪ね、コーヒーをごちそうになって旅の慰労をうけていた。すると、これまた前回と同じようにイラングアがニタニタしながら入ってきた。手には見慣れた封筒を持っている。またか、と私は思ったが、今回はそれほど高額な料金にはなっていないはずだという確信もあった。なにしろスカイプは一日三十分を厳守したし、ほかの二つも——緊急時をのぞいて——封印していたのだ。しかし、前回と同じようにイラングアの顔に不愉快な笑みがうかんでいるのはどういうわけだろう？　すこしデジャブー感がないでもなかった。

イラングアが封筒を手に持ち、金額の書かれた部分を指で隠して、私を焦らすようにゆっくりと指をずらしはじめた。最後に指を一気にずらして金額が明らかとなった瞬間、私はまたしても目玉が飛びでそうな衝撃をうけた。

四千三クローネ！　日本円にして約七万二千円である！

どういうことだ？　私は言葉を失い、金額の三桁目に入っているコンマをじろじろと見つめた。これは小数点ではないよな……。しかしいくら何でもかかりすぎじゃないか？　前回の十万円はほぼ一カ月の使用料金だったのに対して、今回は二週間しか使っていない。それなのにこの金額だ。厳しい使用制限にもかかわらず、一日あたりの使用料金は全然下がっていなかったということではないか。

私は愕然としたまま、ショックからなかなか立ち直れなかった。

しばらく言葉を失いむっつりと黙りこくっていた。あまりに不機嫌に見えたのか、ヌカッピアングアの家族は誰も私に話しかけてこない。その場の雰囲気が悪くなったが、いつものように冗談のひとつをいうこともできなかった。なんということだろう……。主にデータを食っていたのはポッドキャストやエロ動画ではなくスカイプだったのだ。私はぶるぶると震えながら頭を抱えた。こんなことなら、こんなことなら、エロ動画をもっと見ておくべきだった……。

そのあとも請求書は届き、滞在中の通信費は合計一万二千四百四十二クローネ、日本円にして約二十二万四千円に達した。これが二重螺旋を断ち切った場合に要する具体的な経費である。

二重螺旋余話

さて、トンデモナイ金額の通信費用を支払わなければならないことが判明したあと、私はその後のスカイプ問題についてどのように対応しただろうか。

じつは二度目の高額請求書が来た時点で、私はもう状況的にネットに接続することができなくなっていた。理由はシオラパルク村内の人間関係が原因の話なのでちょっと複雑なのだが、ざっと簡単に説明しておこう。

すでに書いたとおり、三月下旬に村に到着して以来、私はしばらくヌカッピアングアという中年男の家を借りて暮らしていた。しかし二度目のカヤック旅行に出る直前の七月下旬、ヌカッピアングアから突如、息子のイラングアが私の家に住むことになったので別の家に移ってもらえないかと要請された。要請というか、事実上の強制退去命令である。イラングアはそれまで、ヌカッピアングアの家の隣にある別の人の家を借りて住んでいたのだが、私の想像だと、どうも家賃を払えなくなり引き払わなければならなくなったようだ。しかし、彼にはすでに内縁の妻がいた。これも完全に私の想像であるが、イラングアが内縁の妻に「じつはもうカネがなくてこの家を出て、実家にもどらなければならなくなった」と告げると、内縁の妻は「え、そうなの。それはちょっと嫌だな。もちろんヌカッピアングア・パパとパッド・ママのことは好きだけど、でもやっぱり私たちは新婚なんだし、夜のいとなみのこともあるから、別の家で住みたいなぁ～」などと柔らかくオブラートにつつみながらもおのれの意志を貫徹する旨を宣言。それをうけてイラングアが「そうか。わかった。それならカクハタの家があるから、あいつを追い出して僕らが住もう。あそこなら親父の家だから家賃も払わなくていいし」と応じるなどという会話が二人のあいだで交わされ、その結果私は引っ越さなければならなくなったものと思われる。

というわけで私はカヤック旅行に出る前日に慌ただしく、ヌカッピアングアから紹介された引っ越し先に装備や荷物を搬入した。ところが、その家がいささか問題をかかえた家だった。何が問題かというと、その家には数年前に隣町のカナックに住む若い男が賃借して住んでいたのだが、私と同じように莫大な額のネット接続料を請求され、電気料金も電話料金も踏み倒したまま出ていってしまい、そのせいでいまだに電気も電話も差し止められていたのだ。どうせエロ動画でも見まくっていたのだろう。話を聞くと料金は今も未納らしく、大家にも支払う意思はないようで、これが納金されるまで開通の目途は立たないらしい。

引っ越し先には電気も電話も開通していなかった。ネット回線を引くには、まず電気と電話を復旧させ、さらに大家名義で接続の申し込みをしなければならないが、そもそもその引っ越し先の大家もカナックに住んでいるため、言葉の問題もあって電話での意思疎通が非常にむずかしい。それに本番の極夜探検の出発がもう二カ月先に迫っていたので開通できたところで使える時間もあまりないし、またカネもかかるので、私はスカイプで娘と会話することを断念した。

というよりもこのときは正直、それどころではなかった。なにしろ電気が通っていないのだ。さすがに電気がないとネットなんかよりも、最低限の明かりが欲しいという心境になる。九月になると北極圏のこの村では白夜が終わる時期だ。そして極夜、すなわち一日中太陽が昇らない状態が四カ月近くもつづく、長い、長い夜が近づきつつあった。一日ごとに太陽の高度は低くなり、目に見えて日は短くなっていく。もちろんほかの家には電気が通っており、ガラス窓からは温かいオレンジ色の室内灯の光が漏れてくる。でも私の家だけは真っ暗で、家に入るとまず最初にロウソクに火を灯さなければならない。

二十一世紀の先進国日本の首都東京のそのど真ん中である千代田区（正確にいうと当時は豊島区に住んでおり、千代田区に引っ越すのは三カ月後だが、それはさておき）に居住する世界のモードの最先端に位置する私はそのとき、世界最北にあるイヌイット猟師村で唯一、電気のない原始的な生活を余儀なくされる人間と化していた。寂しい。それはじつに寂しいことである。人間、家が暗いと気分が沈む。私の最大の関心はペネロペの顔を見たいというものから、まずは電気を開通させて物がよく見える家に住みたいというものに変わった。

このとき、私は、生き物としての掟《おきて》を内側から規定する二重螺旋構造の意外な脆弱さに直面していたのかもしれない。電気の開通を願うのと同時に、私の内部では近づきつつある極夜探検へのモチベーションが否応なしに高まっていった。三月に村に来て以来、自分で狩りをして食料を自給しながら、村から内陸氷床を越えてはるか北にある無人小屋に、あるときは一匹の犬と一緒に橇を引き、またあるときは海象がおそいかかる恐ろしい氷海でカヤックを漕ぎながら物資をはこぶうちに、私は自分の世界がみるみる広がっていくのを実感していた。いたるところに自分の足跡をのこすことでいわば地理的な縄張りが広がり、自作の橇や毛皮服を製作することによって装備にも魂が乗りうつる。その結果、それらの土地と道具と私とのあいだには何かとても切実な関係性のようなものが生じており、過去の労力や時間という目に見えないプロセスが、土地や装備という物理的形態をとった現実のものに置き換わってく感覚があった。私の内部世界は外部世界に憑依《ひょうい》、拡大し、もはや爆発寸前にまで膨張しており、私はこの世界拡張感が途切れないうちに、一刻も早く本番の極夜探検に出たくて仕方がなかった。つい一、二カ月前まではスカイプで娘の顔を見ることが何より楽しみだったのに、今はもう探検に出ることしか考えていない。小学生の頃だったか、NTTのCMで〈会えない時間が、愛育てるのさ、目をつぶれば君がいる〜〉という郷ひろみの曲が流れていたのをおぼえているが、あの歌はたぶん何かのまちがいで、どうやら現実的には四カ月も五カ月も会えないと家族とのつながりは徐々に薄らいでいってしまうようである。

私の意識は完全に自分自身の世界実現に集中しつつあり、娘の存在は意識の遠景にかすんだ。私とペネロペという二重螺旋は名実ともに完全に解きほぐされ、一本のポリヌクレオチド鎖である私は、DNAというよりRNAに近い単独者となって広漠とした海のただなかを漂いはじめていた。それは恐るべきことだった。信じられないことだった。やはりあの二十万円は無駄ではなかったのだ。いくら経費がかかろうと家族関係を正常に保つためには、たとえモニター越しでも面とむかって何かを話すという時間が必要なのである。もちろん、せいぜい数万円でよかったはずだとは今でも思うが。

そして妻の里子のほうもこわれつつあった。スカイプができなくなった私はかわりにグリーンランドの携帯電話を入手し、毎日プリペイド入金して妻に電話していたのだが、心なしか彼女の言葉が変調をきたしはじめているように感じられた。ある日の電話で妻は前日ママ友たちと私立幼稚園に見学に行ったときのことを語りはじめた。幼稚園という機関は人間の自我形成に決定的な影響をおよぼさないので基本的にどこでもいい、という持論をもっていた私は、妻にこういった。

「幼稚園なんてどこ行ったって同じだよ。あおの将来には関係ないさ。区立でいいよ」

「そうじゃないの。私がそこに行きたいの。友達もこの幼稚園にするみたいだし、先生もいい感じだから楽しいだろうなと思って」

「……そうか。で、月謝はいくらするの？」

「三万円だけど、区の補助が出るから二万円」

「そんなにするの？　無理じゃない？」

「ねえ、私、車が欲しい。車を買って何か楽しいことがしたい。あおとずっと二人でいても楽しくないんだよね。やっぱり働いてあおを保育園に預けたほうがよかったかな……」

「そんな寂しいこというなよ」

「もちろんかわいいなって思うし、幸せだって感じることもあるけど、二人でいて楽しいなあって感じではないんだよね」

「…………」

「ユウスケは子育ては全然してくれなかったけど、家にいて話をしてくれるだけで今よりよかった。当たり前だけどママ友はみんな旦那さんがサラリーマンで、毎日家に帰ってきて週末は遊びに行って、楽しそうだなって思う。ユウスケは今、楽しいの？」

「別に楽しくなんかないよ」私は嘘をついた。滅茶苦茶楽しかったのだ。

「人生が楽しい？　ってことだよ」

「それはまあ、比較的楽しいほうなんじゃないかな」

「私はなんか楽しくない。ユウスケがサラリーマンになって毎日帰ってきてくれるほうがずっといい。そう考えたら、サラリーマンになってもらうって選択肢もあるのかなぁって」

「それはありえないだろ」と返答しつつ、これはまずいぞと思った。

　妻の話の内容は、理屈のうえでは整合性を保っているように見えるが、全体的には完璧に支離滅裂だった。今更私にどの会社のなんの職につけというのか。自分でいうのもなんだが、探検家を名乗り、フリーの物書きとして活動してすでに八年、そのあいだ、家族や編集者以外との人間関係がほぼ皆無だった私は、抽象的な概念や原稿の表現についてばかり脳ミソをつかっているせいか、基本的に普段はボーッとした顔で観念的なことばかり考える社会不適合者となっていた。物事の本質をつかんでそれを言語表現したり冒険行動のテーマに据えたりする方面の思考力は随分と鍛えられたと思うが、そんなものは世間では役に立たない。通常の事務処理に必要な、物事を迅速に処理したり対応したりする頭の回転を失ってしまっているのだ。

　遠く離れているだけに言葉の真意がつかめない。まだ大丈夫なようだが、いつスイッチが入るかわからない。このまま半年間の極夜探検に突入したら、妻はおのれの境涯に悲嘆し、自分でもわけがわからなくなってペネロペに拳を振りあげるなどという恐るべき事態が起こるのではないか？　と本当に心配になってきた。妻の話を聞いていると、ペネロペはとんでもなくかわいいのだが、同時にとんでもなく手の焼ける赤ちゃんに育っているようだ。

この家庭崩壊の危機は、しかし思わぬかたちで回避された。じつはその後、私の在留資格に問題があることが発覚し、このグリーンランド遠征は中断となり翌年に延期になったのだ。出発時は一年以上、不在にするつもりだったが、予期せぬかたちで七カ月、つまり予定の半分ほどで帰国することになったわけだ。

極夜の探検はもっとも脂ののった時期のすべてを費やした私の人生で最大のプロジェクトだっただけに、個人的にこの延期は精神的にかなりこたえたが、家族関係の点から見ると、まちがいなく不幸中の幸いだった。なぜなら、私が探検の中断で受ける精神的なストレスより、妻がペネロペと二十四時間一緒にいることで受けるストレスのほうがはるかに大きいと思われたからだ。あのままさらに半年間の極夜探検を予定通り実行していたら、妻は育児の孤独に耐えられず実家に帰り、私が帰国した暁にはテーブルの上におかれた離婚届が出迎えていたかもしれない。そうならなくて本当によかったと今は思う。

成田空港の到着口に着くと、出迎えの客の足元からチョコチョコとした足取りでペネロペが当惑気味の表情をうかべて小さな顔をのぞかせた。そしてオトウチャンと恥ずかしそうにつぶやき、私が広げた両手のなかに飛び込んできた。やや背が高くなり、髪がのびて、発語や歩き方がしっかりした以外はあまり変わっていないように見えた。七カ月間も顔をあわせていなかったので絶対に最初はなついてくれないだろうと覚悟していただけに、私は感激した。三十分もするとケラケラと笑って私の身体にまとわりつづけ、ちょっとどこかに離れてくれないだろうかとイライラしてしまうぐらい、父との再会を喜んでくれた。考えられないことに、その日は一緒に風呂に入ることもできた。そして床の上で抱きあいながらゴロゴロして、バラバラになっていた二本のポリヌクレオチド鎖はふたたびしっかりと絡まりあった。二十万のスカイプが報われた瞬間だった。

おちんちん

ペネロペが妻の母胎のなかで心臓を鼓動させながら、魚類から両生類へ、両生類から爬虫類へと生命進化の階段を着実に上って成長をつづけている頃、私は生まれてくるその子が息子であることをひそかに望んでいた。明確な理由はとくにない。なんとなくである。強いていえば、男の本能のようなものだろうか。自分が男なので子供も男であってほしい、自分の股間にぶら下がってる、世の中の矛盾を一身に体現するこの細長くて奇妙な形状の赤黒い器官が、できれば子供にもついていてほしいと、そう願っていた。

かりに息子の誕生を望んだことに理由があったとしても、それは、息子なら大きくなったときに一緒に登山をしたり海外で本格的な探検ができるかもしれないといった程度の、底の浅い、単純なものだったように思う。

いや、というより、私は直観的に女という生き物を恐れていたのかもしれない。

子供が同じ男なら、どのような振る舞いをするのか予想できるし、成長して第二次性徴期をむかえ、声変わりをして親と距離をとりはじめても、同じ男としてその心理を少しは理解できるだろう。その意味で父と息子の関係は予定調和だ。それに男なら蹴っ飛ばしてもぶん殴ってもOKだし、最終的には絶縁して勝手に社会で生きていけと家から放り出すのも、アリだ。しかし娘だとそういうわけにはいかないだろう。娘を男のようにぞんざいに扱うことは許されない気がする。そもそも女は男にとって謎そのものだ。女を完全に理解することは不可能だし、どう扱っていいのかもわからない。過去に私が関係した数少ない女たちの唐突な変化や不条理な反応、発言の事例をふりかえってみても、女は私にとって未知すぎた。妻にさえ、私はその胸の内がさっぱり理解できずに手を焼いているというのに、そこにもう一匹娘がくわわるとなると、これはもう混沌しかないではないか。本来なら境界線の内側にあるべき家庭という安全な日常が、境界線の外側のリスクにあふれた非日常に変質してしまい、結果の予想できない探検の対象になってしまいそうで、私は娘の誕生が怖かった。

要するに私は未知なる不確定状況を避けようとしていた。息子を望むことで、予定調和な今の生活を維持したいと考えていたわけだ。いいかえれば男の本能なんてのはその程度のみみっちい防衛本能にすぎないのかもしれない。いくら時折、雄々しくいきり立ち、ドラゴンのごとくたけり狂ってみせたところで、そんなものは見せかけだけのハリボテ。一日二十四時間のうち二十三時間はただ無為にぶら下がっているだけのこの肉の塊には、所詮、その程度の機能しかない。どんなにビルを建てたり、道路をつくったり、政治をしたり、軍隊を指揮したりして天下をとったかのようにふるまってみせても、男は、オレたちのおちんちんは、悲しいかな、妊娠・出産を通じて生命の本源的な神秘に触れることはできないのだ。

生まれてくる子供が男ではなく女であるとわかったのは、妊娠三十一週目のときだった。すっかり秋も深まり長袖シャツ一枚では肌寒くなったその日、私は近所の産婦人科まで妻の妊婦検診に付き添った。診察室のベッドの上に寝ころび、重力の法則に抗《あらが》って不自然なまでに丸く突きだした妻のお腹に、担当の女医が、ゼリー状のローションみたいなものを丹念に塗って、エコー診察の機械をあてると、モニターにはお腹のなかの赤ん坊の映像が映し出された。まだ人間以前の存在にすぎない、鳥と人間の中間に位置すると思われる種の不分明な奇怪な生き物が、古代壁画さながらの線描画となってうねうねと動いている。

心臓がバクバクと鼓動している。うわーすごいねーと私たちは能天気な声をあげた。

「おちんちんが生えてきたということはないですか」

唐突に私が不用意に訊ねると、女医は少しむかっとしたのか、〈男って本当にバカばっかり。どうして、どいつもこいつも同じ質問ばかりするんだろう〉といった顔をした。

「エコー診察は性別を判断するためにあるのではなく、赤ちゃんが健全に発育しているかを調べるためにあるものです」

そうぴしゃりと私の質問をたしなめたあと、「今のところおちんちんと呼ばれるものが発見されたという事実はありません」と官房長官の政府答弁みたいないい方をした。ただ、この女医によると、エコーによる性別判断といっても、要するにそれは超音波で映し出された不鮮明な映像でおちんちんが見えるかどうか確認するだけの話なので、おちんちんが股間にはさまっていたり、陰核なみに短小だったりした場合はわからないこともあるという。

女医の話を聞きながら、私はこう考えていた。そうか、やはり娘か。でもまだわからないぞ。もしかしたらおちんちんがエコーでは見えないぐらい小さいだけかもしれないじゃないか。そう、私のおちんちんのように……。

ところが、そうまで息子を望んでいたくせに、実際に娘が生まれると、これが途轍《とてつ》もなくかわいくて、息子の誕生を望んでいた以前の自分が馬鹿馬鹿しく思えるほどだった。

男とちがって女は私にとっては予測のつかない行動や発言をするので、育児は想像を超えた事件の連続となった。育児も登山や探検と同じで、男という予定調和より、女という目的地さえどこにあるのかわからない未知のルートを行くほうが断然、発見が多くて面白いのだ。

そして、その数ある発見のなかでも最大のものは男と女のセクシャリティーに関するものだった。いくら父と娘という親子関係にあるとはいえ、どうやらわれわれ二人のあいだには性の意識が厳然と介在しているらしく、性差を無視した父娘関係などありえないということを私は娘が生まれてすぐに学んだのだった。

どういうわけかわからないが、私はペネロペの誕生直後から、彼女に対して、将来は美しい女になってほしい、と望んでいた節がある。贅沢をいえば将来ゴリラの研究者になってアフリカの密林で野外活動に従事してほしいが、それ以前にまず、かりにゴリラの研究者になるにしても美しくなければならないということが前提としてあるわけで、要するにジェーン・グドールみたいな研究者でなければ意味がない。もちろんジェーン・グドールの専門はチンパンジーだけど、でも娘には不細工なゴリラの研究者にはならないでほしいのだ。なぜならゴリラの研究という、トイレも風呂もない山奥のフィールドに、清潔そうな、シトラスミントの香りでも漂わせてきそうな美人がいるという落差にこそジェーン・グドールの真骨頂はあるわけで、あれ、こんなきれいな人がこんな山奥でいったいどんなふうにウンコを拭いているんだろうと一瞬、相手に想像させるのが彼女のやり方なのだ。

もちろんそのセクシャルな視線は私からの一方通行ではなく、娘が私を見る視線のなかにも秘匿されている。

七カ月におよんだグリーンランドの旅に出発する前、娘は一歳になったばかりで言葉もほとんど話すことができなかった。当時、娘をお風呂に入れるのは私の役目で（それは今もそうなのだが）、一歳だった頃の娘は私のおちんちんを見ては、その存在に気がつかないふりをしていた。気になってチラチラと視線を投げかけてくるのだが、見てはならないもの、気まずいものを見たような顔ですぐに目をそらす。

娘のその気まずい視線には、私のおちんちんがあまりに唐突に、そこに存在していることからくる当惑が見てとれた。どうやら一歳にしてペネロペにはすでに場の空気を敏感に嗅ぎとる感受性があるらしく、目の前の奇怪な物体の存在を公然と口にしてはいけないという配慮が、彼女の意識の底には働いていた。当時のペネロペはまだ児童館のお友達の裸を見たことがなかったはずだから、私のおちんちん以外に、このどう見てもおかしな形状の器官を目にした機会はなかっただろう。肉体を内側からぶち破って飛びだしてきたかのようなグロテスクさに、まだ一歳三カ月だったペネロペは敏感にタブーの存在を感じとっていた。彼女が人類普遍の禁忌に触れた最初の瞬間である。

ところがグリーンランドから帰国すると事情は変わっていた。帰国後はじめて一緒にお風呂に入ったとき、七カ月前とはちがってすでにかなり発語能力が高まっていた彼女は、記憶のストックからすっかり剥落していた私のおちんちんを見て、「オトウチャン、これ、何?」と不躾な質問をずけずけとあびせてきたのだ。

私は急にそわそわしはじめた。生まれてこのかた、自分の性器を指さされて、これ何?と訊かれたことはなかったのだ。

不用意に情けなく、隙だらけでぶら下がっている私の性器。その質問は私の存在そのものに疑問を投げかけているにひとしかった。

これは何？　このグロテスクな物体はいったい何なの？　あなたは何のためにこれをぶら下げているの？　そもそもこれ必要なの？　だいたいあなたは何のために生きているの？

私は自我が根本から揺らぐのを感じた。そして「おちんちんじゃないかぁー」ととりあえず笑って、ふざけ半分に答えをはぐらかすよりほかなかった。

そのとき彼女が見た私のおちんちんは、あらゆる意味で不自然だったのだろう。内臓が内側からめくれて露出したかのような私の赤黒いおちんちんは、ぴかぴかと磨きぬかれたお風呂といういい匂いのする清潔な空間のなかでは、あまりに不連続で、言葉の真の意味で周囲の景観となじんでいなかった。その形状は攻撃的で、妙にぎらぎらと黒光りしており、ブラックホールのような抗いがたい重力を発生させている。

娘はこのとき、うっすらと嗅ぎとったのかもしれない。じつは人間は薄汚い存在なのだ、このおちんちんのように……と。そして父親の身体からおちんちんが生えていることを〈発見〉することで、ペネロペは世界にはおちんちんを持つ者と持たざる者の二者が存在し、自分はそのうちの持たざる者にカテゴライズされることを理解したのかもしれない。宇宙はすべて二元的な対立物によって構成されているのだ。生と死、善と悪、光と闇、太陽と月、男と女、そしておちんちん族と非おちんちん族……。

でも、もしかしたらそんな深遠な話ではなくて、ただ単にペネロペはすでに比較対象物を得ていて、私のおちんちんに違和感をおぼえただけかもしれない。七カ月前とちがい、彼女は児童館で一緒に遊ぶ友人のシンちゃんやユイ君のおちんちんをすでに見ているだろうから、その友人らのおちんちんと私のおちんちんの形状と印象に極めて明瞭な断絶があるのに気がつき、ついそうした無遠慮な質問におよんだのだ。

私の答えに納得したのか、それ以来、ペネロペは私の性器に対してとくに疑問をもった様子は見せなかった。

ところがそれから二カ月ほど経ったある日、彼女は、私のおちんちんの珍妙さにあらためて疑問をもったのか、突然、まじまじと見つめたあと、おもむろに指さして、斬新な指摘をした。

「オトウチャン、おちんちん、痛そうだね」

おおっっ！　なんというみずみずしい表現！

私は興奮した。感銘を受けたといってもいい。おちんちんの本質を一言でずばっとえぐり取る、その詩的な感性に。

どうやら私は完璧に勘違いしていたようだ。彼女の目にはずっと、私のおちんちんが世界の真実を告げる冥府からの使者ではなく、単なる痛そうな部分として映っていたらしい。包皮からズルムケになり、内部がむき出しになった私の海綿体は、赤く、紫がかっていて、外界の刺激から保護する殻や膜におおわれておらず、とても敏感そうに見えたようだ。空気に触れるだけで身悶えしてしまいそうなほどに……。

「痛くないよ、どちらかといえば気持ちがいいんだよ」

とは、もちろんいわなかった。そっちの真実を告げるのは、さすがにまだ早い。私は自分の散文的なおちんちんへの意味解釈など一撃で屠《ほふ》ってしまうほど鋭いペネロペの洞察力の切っ先に満足した。

だが、話はそれで終わらない。ペネロペはさらにその鋭い洞察力の刃で、私という存在を木っ端微塵に切り裂いてしまったのだ。彼女は間髪を容《い》れずにこう付けくわえた。

「オトウチャン、おちんちん、小さいね」

いったい誰のと比べて？　それとも相対的にではなく、もう絶対的に小さいわけ？

こうして彼女は私の性器の最年少記録を更新した。

父の責任

つい先日のこと。マリノフスキーという人類学者の『未開社会における性と抑圧』という本を読んでいて気になる一文を見つけた。いささか唐突だが、まずはその一文を引用してみよう。

〈文化のレベルが高くても低くてもほとんどの社会で、おとこは結婚の契約を強制する社会の圧力によらなければ、自分の子供に対してどんな責任ももちたがらない〉

思わずピクンと反応した。

マリノフスキーはニューギニア島近海のトロブリアンド諸島におけるクラと呼ばれる財貨交換システムの研究で著名な学者で、主著『西太平洋の遠洋航海者』は文化人類学の古典中の古典とされる名著である。辺境の先住民の生活や社会構造を観察しつづけ、人間そのものを洞察し、後世にいたるまで人類学の世界に多大な影響をあたえた学者が、人間の男の普遍的な特質のひとつとして、〈子供に責任をもちたがらない〉ことを挙げているのは注目に値する。マリノフスキーほどの学者が、あたかもそんなことはいうまでもないことのように、清々しいまでに気持ちよく断言してしまっている以上、この発言は非常に重たい、地球よりも重たい、と私は思った。

もし彼のこの発言が正しければ、というか私にいわせればあのマリノフスキーがいうのだから正しいに決まっているのだが、男たちを社会の圧力がないところで生物的本能にまかせて野放しにすれば、絶対に子育てはしないし、子供がそのへんで餓死しても男たちは無関心にそれを眺めるだけということになる。最近、話題のイクメンも、男性社員の育児休暇も所詮は社会的圧力のたまもの、オレたち男は本音をいえば子育てなんぞ妻にまかせて、自分の欲求のおもむくまま放浪したいのだ。

もちろんこれは私の意見ではなく、人類学者マリノフスキーの意見である。

彼に子供がいたのかどうかは知らないが、もしかしたら彼はトロブリアンド諸島での長期探検のあいだ、育児を妻にまかせっきりにしていたのかもしれない。そして私が彼のこの一文にピクンと反応したのも、私も同じようにしばしば長期探検に出て、その間の育児は完全に妻にまかせっきりにして、ある意味責任を放棄しているからである。

それにもかかわらず、私はこんなふうに子供との関わりを文芸誌で連載までしてしまっている。この本の構想を語ったとき、親族や知人から「お前にその資格はない」と散々いわれたが、まったくそのとおりで反論のしようもなかった。しかも探検中だけではない。家にいるときだって、別に育児に積極的なわけではなく、自分の気のむいたときにかわいがっているだけであり、執筆中に娘が部屋に入ってこようもんなら「コラ！　仕事中に入ってくるなっていってるだろ！」とブチ切れ、抱きかかえて居間のソファーに放り投げ、オトウチャン！　アソンデ！　と泣きわめく彼女を置きざりにドアをバタンと閉め、家のなかは荒涼とした空気につつまれる。所詮、それが父親としての私の実態なのだ。そんな自分に父親エッセイを書く資格などあるのだろうかとわれながら疑問だったので、マリノフスキーのこの文章を読んだとき、私はいくらか救われた気がしたのだった。よかった、男はみんなそうなんだ、と。

それにしても父親の責任とは何なんだろう。

経済的に家族を養い、陰で妻から「うちの夫はＡＴＭだから」と揶揄《やゆ》されることがそれなのだろうか。がん保険や生命保険に加入し、死んだら家族のもとにがっぽりカネをのこす方策を講じておくことなんだろうか。

長期探検中、私がまったく子供に対して無責任かというと決してそうではない、と思う。まあ、責任はともかく、娘に対する関心や興味や愛情だけは人一倍あるつもりなので、ペネロペと離れ離れになるのは耐えがたいことであり、生き地獄だといえる。

それだけに私は七カ月間のグリーンランド探検中、活動のベースであるシオラパルク村に妻子を呼び寄せようと考え、出発前から妻を説得していた。ところが妻ときたら、やれ一歳の子供を連れて行くには医療機関に不安があるとか、予防接種を受けなければならないとか、全然、本質的ではないことばかりいって話にならないのである。グリーンランドは福祉国家で、旅行者でも緊急の場合は無料で医療機関を受診できるだけでなく、ヘリで搬送された場合も無料なので、村人は仮病を使ってはヘリにただ乗りして隣町のカナックで酒を飲んだり南部の都市圏に遊びに行ったりしているんだよ、だから安心だよと説明しても、まったく聞く耳を持たない。こっちとしては医療とか予防接種とかそういう表面的なことはどうでもよくて、それより家族が大きな障害をのりこえ、ほかでは経験できない時間を共有すれば、それはきっと貴重な財産になるはずだし、そういうふうに家族が異郷でひとつにまとまってきずなを強めたほうが長い目で見れば重要なんじゃないの？　家族をひとつの方向に導くのが父の役割なんじゃないの？　ということをいいたいのだが、妻はそんなふうに経験を通じて家族の一体感を高めることにはあまり関心がないようなのである。

「結局、あなたは自分が一番大事なだけじゃないの」と妻はいった。

私はギクッとした。

ないじゃない」

「そうじゃない。まず自分のやりたいことがあって、そこに家族を連れて行きたいだけでしょ。だいたい私がディズニーランドに行きたいっていっても、連れて行ってくれたためしがないじゃない」

「ディズニーランドだけは絶対に行かない。たとえあおに懇願されても」

「でしょ。だから結局、自分が一番なんだよ。だいたいあおと一緒にグリーンランドまで飛行機で行くなんて想像できない。もう飛行機のなかで走りまわってすごい大変なんだよ」

「……なんでだよ」

　私はぐうの音も出なかった。

　たしかに一歳から三歳にかけてのペネロペの落ち着きのなさ、その愛くるしいけど奇矯といわざるをえない挙動は、通常の幼児のレベルを大きく逸脱し、奇人に成長するのではないかという危惧をいだかせるほどだった。

　そもそもペネロペは、別格とまで称される容貌にくわえ、その天才性のなせるわざか、生誕直後から人間としての諸活動の能力の獲得が異常に、こっちが心配になるぐらい早かった。生後二カ月の段階で完全に首が据わり、三カ月の段階で親が両手を持ってあげた状態でカエルジャンプをするようになり、五カ月目にはハイハイを開始した。しかもそのハイハイの速度ときたら人間の赤ちゃんの動きとしてはちょっと不自然なほどで、将来はウサイン・ボルトのようになってしまうのではないかと不安になるほどだった。彼女の成長のスピードは、別にいきなり歩きだしてもいいんだけど、一応、普通の人間の成長の段階を踏んでおくか、みたいな余裕を感じさせるものがあった。

ハイハイの習得はペネロペにとっては画期的な出来事だったようだ。なぜならペネロペは誕生した瞬間から意識が高次のレベルに達しており、自分がまわりの大人と同じように歩けないこと、移動できないこと、意思通りに身体を動かせないこと、すなわち自由を享受できていないことに不条理を感じていたらしく、つねに眉間にしわをつくって「どうして自分だけ動けないの？　この寝っ転がっているという状態が不自由でたまらない！」といった顔で泣きわめいていたからだ。ところがハイハイをおぼえて自分の意思で移動できるようになった途端、彼女はニコニコと上機嫌で床の上を蠢くようになり、ストレスも解消し、泣き癖もピタリとやんだのだった。

生後十カ月で二足歩行をおぼえると、もはや彼女の自由意志を妨げる障害はいっさいなくなった。それ以降は歩く歩く、そして走る走る。さらにそこに生来の剽軽さがくわわり、走ったと思ったら急に立ち止まって顔中しわくちゃにして変顔をしたうえ、パラパラみたいな独特のおかしな振りつけで踊りはじめる、などという奇天烈な行動をとるようになった。しかもまだ二歳の幼児、常識や公衆道徳の観念が育っていないので、そのおかしな動きに歯止めをかけるものは何もない。親としては、できれば枠にはめるような教育はしたくないという戦後民主主義的な思いもあり、つい見守ってしまいがちになるのだが、そうするとペネロペのふざけた態度はさらにエスカレートして、ストッパーなしの天真爛漫な自由意志の表現体と化す。その結果、本屋に行っては文庫本をバシャバシャ投げ飛ばし、登山道具店に行ってはサングラスや登山靴を床にぶちまけ、スーパーに行っては野菜を放り投げてついでに変顔&パラパラ踊り等々のやりたい放題となり、「いい加減にしろ！ 待てっ！」とこっちが怒鳴ってつかまえようとすると、追いかけっこがはじまったと勘違いして大喜び、「ウキャキャキャキャキャー」とサルみたいな歓声をあげて逃げまくるのだ。

当然、公共交通機関でも事情は同じで、電車のホームの上で走りまくるし、ぐるぐる回転するし、車内でも吊り革にぶら下がろうとするし、客の足のあいだを駆け抜けゲラゲラ笑いながら車両を移動してどこかに消えるということをくりかえした。こういったことを話すと、だいたい「子供はみんなそうですよね」みたいにわかったような顔をする人が多いが、私にいわせればあなたたちは全然わかっていない。私は街を歩いていてわが娘のように欲望のおもむくままに走り、踊り、回転する子供など一度たりとも見たことがない。そういうことはありえないのだ。もしすべての子供が全員ペネロペのような集団躁状態であれば、人類はとうの昔に絶滅していただろう。

話はすっかりズレたが、ペネロペはそんな面白爆弾みたいな子供なので、妻が飛行機を理由にグリーンランド行きをためらうのも無理からぬことだった。

「それもそうだな」

結局、家族でシオラパルクに滞在する計画はご破算となり、私は自分の考える素敵な父親像を現実化できなかった。

たしかに子供は親の自覚を促すものである。だがその親の自覚は、少なくとも父親に関しては苦悩のはじまりだともいえる。

どういうことか。

ペネロペが生まれた時点で私は三十七歳だった。この際だから白状するが、その三十七年間の人生で、私は自分が大人になったという自覚を一度も持ったことがなかった。会社に入って給料をはじめてもらったときも、フリーの物書きになって最初の本を出したときも、結婚したときも、大人の自覚はついぞ得られなくて、犬のウンコを木の枝に突き刺して鬼ごっこをしていた小学二年生の頃とあまりかわらない意識で生きてきた。いつまでたってもウキャキャキャキャーという気分が抜けず、ウンコ鬼ごっこの頃と同じ精神年齢で煙草を吸い、酒を飲み、そして女とセックスした。少なくとも学生時代に探検部の仲間と山に登っていた時代以降は、文章表現が多少巧みになったことと、脳内の男性ホルモンの噴出が多少おさまったことをのぞけば、ほとんど成長は見られない。人格の陶冶《とうや》という点にかぎっていえば絶無だったと断言できる。世のすべての中学生と同じようにウンコやおちんちんの話が今でも大好きで、実際このように、こうしたエッセイの連載ではついつい書きまくってしまう。そして私はそんな自分にホトホト嫌気がさしていた。いったい自分はいつになったら大人の自覚が芽生えるのか。それは私にとっては人生最大の謎だった。

ところが、娘が生まれた瞬間から、私は身体の内部から〈大人の自覚〉という文字の刻まれた巨木がメキメキと外側の殻を突き破ってのびてくるのを感じた。それは、うおおおおおおぉぉぉぉぉぉっっ！　と咆哮《ほうこう》をあげ、思わずそのへんの木の棒をブンブンと振りまわしたくなるほどの凄まじい、雷鳴のごとき覚醒だった。私は確信した。人生は変革したのだ。私は一匹の、グレゴール・ザムザのごとき巨大なイモムシと化して、それまでの皮を脱皮して、みずみずしい心身を獲得して完全に再生する新しい自分を発見したのだと。

そのとき思い知ったのは、大人になるということは自分以外の誰かに対して、掛け値なき、無償の責任が生じることをいうのだということだった。それは結婚とは明らかに異なる発見だ。結婚はあくまで二人の男女による合意にもとづく一体化であり、なかったことにはできないが、解消はできる、その意味ではドライな関係だ。しかし子供はちがう。親子関係はもっとウェットでドロッとした、切りたくても切り離せない粘的な性質を帯びている。子供は親を選べないし、子供からすれば自分は余儀なく生まれてきた存在だ。「どうしてオレを産んだんだ！」と問い詰められて明確に答えられる親などこの世に一人もいないだろう。まさか「あのときは気持ちよくて、外に出すタイミングを誤ったんだよ！　人間なんてその程度の存在なんだよ！」などという身も蓋もない真理を暴露するわけにもいくまい。親と子供の関係はそもそもこうした解消不可能、不可逆的かつ根本的な絶対矛盾をはらんでおり、その矛盾の最終責任は、矛盾を発生させた主体である親がとらなければならないのである。……ということが、どうやらわれわれのＤＮＡには明確に記述されているらしく、言葉ではなく肉体的に、生理学的な心身の働きとして、二重螺旋の抗いがたい拘束力をもって、親の責任＝大人の自覚はメリメリと音を立てて身体の内側の最奥からおのずと隆起してくるのだ。

もちろんそれはそれでいい。それが生命体が連綿と歴史のなかでつむいできた掟だからだ。父親の苦悩はそのあとにおとずれる。そしてその苦悩とは子供がいうことを聞かないとか、そういう育児や教育に関する苦悩ではなく、それ以前の悩みなのだ。つまり、そもそも子供にとってオレはいったい何なのかという存在論的な悩み、同時にオレたち男親は心の内側から芽生えてきたこの父親の責任というやつを、どのように表現したらいいのか、という形而上学的な悩みなのである。

　こういう悩みを母親がいだくことはたぶんないのではないか。そんな気がする。なぜなら母親は妊娠・出産・授乳を通じて、肉体的な生き物として否応なく子供とつながっているからだ。ところが母親とちがい、父親にはDNAという見えない糸以外、子供とは何も共有していない。可視的な紐帯《ちゅうたい》がない。おっぱいを搾っても母乳は出ないし、そもそもDNAや血液で何らかの検査をしなければ、自分が本当に父親なのかどうかすら疑わしい。

　そんな危うい基盤のうえに立つオレたち父親が、子供に対して責任をとろうと積極的に行動しても、どこか空まわりした、歯がゆいものにならざるをえない。つまり母親と同じような感じで、いい子だね〜、大好き、チュ♡　などといった一連のスキンシップを通じてどんなにかわいがってみせても、娘からは本能的に拒否られるし、妻の目にもその行動はどこか嘘っぽく映るらしく、「どうせペットと同じ感覚なんでしょ」などと嫌味をいわれるというわけだ。というか、それ以前に自分でやっていて気持ちが悪い。それならばと「家族を導くのが父の役割だ、シオラパルクに行こう」と威厳を見せてみても、「やっぱりあなたは自分が一番」と即座に却下。結局、父の役割は家族を経済的に養うことだとわりきり生命保険に加入などするのだが、しかし、どうもやっぱりカネで解決するのは表面的な感じがぬぐえず、あの内側から立ちあがってきた親の責任・大人の自覚を十全に表現できていない気がして、釈然としない。

本音をいえば、オレたち父親も子供と自然な感じでウェッティーに接して、母親が妊娠・出産・授乳過程で見せるような究極の関係に匹敵する責任構造を態度や行動で表現してみたい。だが、どうしてもそれができなくて、とてももどかしいのである。

それが父親の苦悩である。

グリーンランドから帰国したある日、夕食の準備をしていた妻が不意にこんなことをつぶやいた。

「私はゴリラがいい。チンパンジーはいや」

あまりに唐突な発言に最初は意図がさっぱりわからなかった。どちらかといえば、私は人類のなかでは、顔の造形も体型もロコモーションもゴリラに近いほうだと思うし、実際、ペネロペの幼稚園に行くと園児からゴリラだーと指さされることもしばしばである。それなのに妻はまだ私のゴリラ度数が低いことに不満をいだいているらしい。だとしたら、もはや本物のゴリラと結婚するよりほかないと思うのだが……と私は思った。

「どういうこと？」

「あなたはチンパンジーなの」

「昔より筋肉が落ちたってこと？」

「そうじゃなくて、やっていることがチンパンジーと同じだってこと。チンパンジーのオスは乱婚で子供を守らない。でもゴリラはちがうんだよ。ゴリラのオスはメスも子供も守るの。私はゴリラがいい。でもあなたはチンパンジーなの」

どうやら妻は見た目の話ではなく、理想の父親像について示唆しているらしい。はは～ん、あれだな、とすぐにピンときた。当時の妻はゴリラ研究で有名な京大総長で霊長類学者の山極寿一さんのインタビューを読んで感銘を受けており、その影響だと直感したのだ。

インタビューを読んでみると、山極さんは雑誌「考える人」（2015年冬号）で〈父親になるとはどういうことかも、ゴリラから学びました〉と述べ（これもよく考えるとすごい発言である）、ゴリラの父性についてつぎのように言及していた。

〈ゴリラのオスは自分の力だけでは父親になれません。生まれてすぐの赤ん坊に対して子育てをするわけではないし、赤ん坊に強い関心を示すわけでもない。まずメスが生まれた赤ん坊を一年間は腕の中で専心的に育てます。一歳を過ぎると、お乳も吸っていますが、お乳以外のものを食べるようになって、お母さんの腕の中から徐々に赤ちゃんは離れていきます。そのときに、お母さんは赤ん坊をオスのもとに連れていく。（中略）オスの周りには置き去りにされた子供がいっぱいいる。その子供たちが互いに遊び合うようになって、母親から離れていることにだんだんなれて、やがてオスについて歩くようになる。（中略）子供を保護し、喧嘩を仲裁し、子供の憧れの対象になるのです。メスから子供を託すことのできる信頼できるパートナーとして選ばれ、そして子供から憧れる対象、あるいは自分を保護してくれる対象として選ばれて、初めて父親としての役割を発揮することができる。つまり、メスと子供の双方から二重に選択されて父親というものは成立する。〉

一方、私が似ているといわれたチンパンジーには「父親」が存在しない。なぜなら〈乱婚であるために父親を確定できない〉からだという。

なるほど、と目から鱗《うろこ》が落ちる思いだった。父親とは自分のなかからわきおこる生物学的自覚にしたがっておのずから成るものではなく、周囲の家族との関係のなかで信頼され、役割を担わされることではじめて成立する社会的な装置なのだ。いいかえれば実体のない概念であり、擬制、単なる記号だともいえる。山極さんは、ゴリラにしろ人間にしろ〈男がいくら自覚的に父親になろうとしてもなれるものではない〉とまで断言している。いくら自分のなかでメキメキと親の自覚が芽生えようと、こと男に関するかぎり、その自覚をもとに父親になるのは無理があるということだ。

そのことに気がついたとき、私はハッとした。やっぱり父親になるということは表現そのものなのだ、とあらためて気づいたからだ。表現というのは表現する側と受け取り手のキャッチボールである。本の場合、書き手のメッセージは読者に面白いと思ってもらえないと伝わらない。それは父親についても同じで、私が求める父親らしきふるまいと妻子の求めるそれとが一致しないと、父親という存在は成立しえない。一方通行の父親というのはありえない。どんなに私がペネロペにチューをしたりシオラパルクに誘ったりしても、それが信頼するに値しない、父親らしくないと妻子に思われた瞬間、概念としての父親は否定され、家庭のなかでの私の居場所は吹き飛んでしまうのだ。

なんと恐ろしいことだ……とゾッとした。私は読者が読んでいて面白くない本を一生懸命書こうとしていただけなのだ。

本が面白いかどうかは読者が決めるのと同じように、お前が父親かどうかは家族が決める。それが実体のない概念にすぎない、オレたち父親族の宿命だ。

生誕という探検

子供ができるということは人生が変革することにひとしい、ということを私はこの本で何度か述べてきた。子供ができると生活だけでなく世界観までもガラリと変わるため、いったい子供のいない人生は何だったのか不思議に思うことがある。足元のあたりから自分と同等の命がにょきにょきと並行して走り出してきて、自分以外の誰かに責任をもつ〈大人の自覚〉が身体の内側からメリメリ音を立てて生えてくるのを感じたりする。

世界が百八十度変わるため、それまであまりなじみのなかった場所に出入りしたりするようにもなって、これがまた面白い。

たとえばペネロペが生まれてからというもの、動物の姿に慣れ、親しんでもらいたいという思いから、私は機会を見つけては上野動物園や多摩動物公園に連れて行くようになった。

多摩動物公園といえばオランウータンだが、生後三カ月ぐらいだったろうか、はじめてあの大型類人猿をペネロペに見せたときは印象的だった。ガラス壁で遮蔽された向こう側の展示空間の少し離れたところに、茶色く、長い毛をひらひらとなびかせた大きな雄のオランウータンが泰然と座っている。こちら側では多くの親子連れがガラス壁にへばりついてその様子を注視している。オランウータンがわずかな動きを見せただけで「おおっ」という静かなどよめきが漏れる。だがオランウータンのほうはといえば、そんな人間どもの視線や反応にはまったく無関心で、悟り切った仙人のごとき動きで悠然と草をむしゃむしゃ食べている。あきらかにその場を支配しているのはオランウータンで、人間どもはオランウータンのつくりだす異界のような空気の渦に呑みこまれていた。

と、そんな状況のなか、私たち三人は展示室に入室したわけだが、私はオランウータンの思索的な表情が好きなので、それをぜひペネロペに間近で観察し、何か感じてもらいたいと思い、いやーこんなに小さい赤ちゃん連れてるんで、ちょっといいですか〜みたいな柔らかい物腰をよそおいながら、事実上、ほかの客を押しのけて一番見やすい特等席に陣取った。

すると不思議なことが起こった。それまで哲学者のような態度で、へばりつく人間どもの挙動にまったく無関心だったオランウータンが、ペネロペの顔に気づいた途端、あれ、あそこにおられるのはもしかしたらわれわれが待ち望んでいたメシアでは……といった様子でのそのそ近づいてきて、ペネロペの前で腰をおろし、優しく慈愛に満ちた眼差しでじーっと見つめはじめたのだ。

「おおおおっ！　オランウータンがこのかわいい赤ちゃんの前に来たぞおおぉっ！」

どっと大歓声がわきあがった。とくに隣の小学生の男児が興奮気味だった。観衆がざわつくなか、オランウータンは、竹の節のなかに輝くかぐや姫を見守るおじいさんのような顔つきでペネロペを見守りつづけた。場の雰囲気は一変し、ペネロペが空気の支配権を握った。本来ペネロペがオランウータンを見に来ていたはずなのに、気づくと立場は逆転しオランウータンがペネロペを見に来ているのだ。

こいつ、もってるな……。

生来の魅力のみでオランウータンを掌で転がした娘を見て、私はそんな思いをいだかずにいられなかった。

そんな動物園デビューをはたしたペネロペであるが、私が動物園に連れて行くようになったのは、幼い頃から動物や自然を身近に感じることで、将来は環境を最優先に考え、地球を守るために率先して行動するエコロジカルな大人に育ってもらいたいと思ったからでは、もちろんなかった。私は自分の娘に独力で人生を切り拓く人間になってもらいたいと望んでいるが、世のため人のために行動する〈正しい〉人間になってもらいたいとは思っていない。ではなぜ動物園に連れて行ったのか。それは、本書でも書いたが、将来ゴリラの研究者になってもらいたいからだ。そのために上野動物園ではゴリラを重点的に見学させ、ゴリラのいない多摩動物公園ではオランウータンやチンパンジーを中心に見せて歩いた。そうすることでゴリラを中心とした類人猿世界に関心をもたせ、京都大学霊長類研究所に入所させ、ゆくゆくはアフリカの山奥をフィールドに活躍する美人研究者として名を馳せさせようという魂胆である。

要するに洗脳。人生を独力で開拓してもらいたいという言葉と矛盾しているかもしれないが、ゴリラに異常に親しみをもつ子供という土台をこちら側で築いてあげたうえで独力で人生開拓してもらいたいというのが、親としての私の願いだった。イチローを筆頭に有名スポーツ選手は親の英才教育があって才能が花開く場合が多いが、それのゴリラ版だ。

そんな思いで定期的に動物園に通ううちに、ゴリラとはまったく無関係なところで大きな発見があった。

じつは動物園に通いはじめた初期の頃、ペネロペは動物を見ても全然面白そうにしていなかった。当時はその事実を認めるのが嫌だったので、ゾウやキリンの前に連れて行き、「どう、すごいでしょ、デカいでしょ。面白いでしょ」と、〈赤ちゃんであるにもかかわらず動物見学を楽しむ天才ペネロペ〉という状況を勝手に仮想し、写真を撮りまくって自己満足的にそれを楽しんでいた。先ほどのオランウータンのケースも同様で、オランウータンが接近しどよめきが起きたのは事実だが、実際のところ「おお、ＥＴみたいに異種間交流してる！」と興奮したのは私たち夫婦だけで、肝心のペネロペはただ不思議そうな顔をするだけで、客観的に見て別に交流めいた状況になっているわけではなかった。

ところが途中でその状況がガラリと変わった。きっかけは言語の獲得だ。一歳前後になり初歩的な発語能力を獲得し、私たち夫婦はペネロペに図鑑や絵本を読み聞かせるようになった。そこには動物たちが登場する。本でゾウやキリンという単語をおぼえてから動物園に連れて行くと、それまで意味不明な物体としてしか認識されていなかったゾウやキリンが、本によってあらかじめ言葉があたえられ概念化されていたため、動物園で実物を見たときも「ゾウ！」「キリン！」と面白がれるようになっていたのだ。

これはすごいことだと思った。感動ものだった。動物園に行くたびに、ゾウ！　キリン！　サル！　シロクマ！　と次々と連呼し、バシバシと動物たちを分類していく娘を見ながら、私は、世界はまさに言語によって構造化されている事実を目の当たりにした。

赤ん坊の成長を見るのが楽しい理由として、一人のまったく無力で無垢、完全にまっさらな人間が、世界を獲得していく過程を間近で見られるということがある。子供を見ていると世界の獲得はまず言語の習得からはじまることがよくわかる。つまり、言語があたえられていない物事を、われわれは認識することができないので、それは存在しないにひとしい。この世界の事物や現象は言語を付与されることではじめて本質があたえられ、存在化する。ところが、ひとたびそれらに言葉があたえられた途端、それまでなかったものが、突如、あることになる。〈はじめに言葉ありき〉という「ヨハネによる福音書」の記述が真実であることを、私はペネロペから教えられた。

ペネロペが言語をおぼえて外界を世界として構造化していく過程は、横で野次馬的に傍観する私の目にはつぎのようなイメージで観察された。

言語をおぼえる前の世界は、彼女の目には太陽系ができあがる前のガスや塵が無秩序に漂う宇宙空間のような場であったろう。目に見えるあらゆる物体は、言葉による意味をあたえられていないため、世界には点や中心がなく、あらゆる事物はばらばらに拡散し、それでいて同時に複雑に入り組み、かつ融けあっているリゾーム状の無分節な混合様態として広がっている。それがひとつの言葉をおぼえると、その言葉が指示する事物の周辺が急に回転をはじめ、重力が発生しはじめる。重力が発生するとそれまで無秩序に拡散していたガスや塵芥《じんかい》がそこに吸いよせられ、グイーンと回転を速めていき、ひとつの惑星のように集合化して事物として結晶化するのだ。

言語習得時のペネロペと街を歩いていると、彼女の周辺のいたるところでガスや塵芥がグイーンと回転しはじめ、そこだけ意味の発生場と化していることが手にとるようにわかった。ゾウという単語だけおぼえて動物園に行く。すると動物園はまだ全体的にガスや塵が漂うだけの事物が分節されていない混沌とした場として彼女の目には映っているのだが、ゾウという言葉だけは知っているので、ゾウ園のなかのその巨大哺乳類のまわりでだけガスや塵が回転し、ゾウとして結晶化して、ペネロペは「ゾウ！」と発語し、指をさす。つぎにキリンという単語をおぼえると、同様のことがキリン園で起きて、キリンだけが彼女の世界のなかで結晶化する。そうやって言葉を習得するたびにそれが結晶化し、彼女のなかで居場所を得る事物が増えていき世界として構造化されていく。

動物たちと同じくらい早い段階で結晶化されたのがアンパンマンだった。当時、私たちが住んでいた西武池袋線椎名町駅前の商店街には電器屋、中華料理屋、もつ焼き屋などの個人商店が軒を連ねていたが、それらの小さな商店はペネロペにとってはまだ言語化、構造化されていないリゾーム状の無分節混沌状態のなかにあり、電器屋ともつ焼き屋の境界線はぐにゃりと融けあい混ざりあっていた。しかし混沌状態のなかでもアンパンマンだけは結晶化するらしく、歩いていると急に立ち止まり、「アンパンマン！」と叫んで指さすのだ。

「え、何？　どこにアンパンマンがいるの？」逆にこっちが驚いて彼女が指さすほうを見ると、たしかに電器屋の前に、洗濯機か何かの販促用の大きなアンパンマンのハリボテが置かれている。こんなところにこんな大きなアンパンマンがいたのかと、私はそのときにはじめて気がついた。

さらにスーパーに買い物に入ると、また「アンパンマン！」と反応する。よくよく注意して見ると、今度はお菓子コーナーの片隅にアンパンマンのおまけがついたチョコだかラムネだかが陳列されている。このように、一時期のペネロペは街のなかを歩くと五分に一回は「アンパンマン！」と反応し、さしずめアンパンマンだけを感知する〝アンパンマンセンサー〟と化していた。私のほうは、ほぼあらゆる事物に言葉があたえられ、見えている世界がおしなべてフラットに意味化されているため、街角の隅っこにあるアンパンマンなど夥《おびただ》しい数の事物にまぎれて存在しないも同然、気づくはずもないのだが、ペネロペのほうはリゾーム状の混沌状態のなかでアンパンマンだけがグイーンと意味化しているので目に留まるらしいのである。

ペネロペが「アンパンマン！」と叫ぶたび、よくもこれだけすべてのアンパンマンに反応できるものだ、と驚くと同時に、世の中にはこれほどアンパンマンがあふれかえっているのかと、別の意味で呆れかえったものだった。

ついでにいえば、アンパンマンは子供の前に意味ある物体として現れるだけでなく、善や悪という正義の観念も植えつけるので、ある意味、厄介だ。正義の味方であるアンパンマンにはアンパンチやアンキックという必殺技があり、それで悪の権化であるばいきんまんをやっつける。ばいきんまんにも言い分はあるだろうに、そんなものはおかまいなく。アンパンチやアンキックという言葉がペネロペのなかで意味づけられ、正義や悪という観念とともに体系づけられた途端、彼女は正義の味方になりたがり、アンパンチやアンキックを使いたがった。

誰に対してかというと、もちろん私にである。

ペネロペは生来、自由奔放な性格で、それゆえにすぐ人の上に両膝で飛び乗ったり、目のなかに指を突っこんできたり、顔面に唐突に平手打ちを食らわしたりする悪癖があり、そのたびに妻は「そういうことはやったらダメって何度いったらわかるの！」とブチ切れるわけだが、それには必ず「オトウチャンだけはＯＫ」という例外規定が設けられていた。くわえてオトウチャンは汗臭いとか、オトウチャンにはおちんちんが生えているといったネガティブな要素があるため、そのうち彼女のなかで〈オトウチャンとは何をやってもかまわない、優しい鬼みたいな薄汚い異形の存在〉という観念が育ち、最終的にアンパンマンによって物語られた正義と悪の二元的な世界観がそこに結びつき、ばいきんまんと同じ悪の役回りを身近な薄汚い存在である私が演じることになってしまったのである。

「アンパーンチ！　アンキーック！」

言葉により世界を善悪で構造化したペネロペは私の顔を見るとすぐにかわいいかけ声をあげ、必殺技を繰り出して私を退治しようとした。思わぬかたちで私は差別される側の痛み、虐げられる者の苦しみ、世の不条理の悲哀等を身をもって味わうこととなり、攻撃を食らうたびに娘がトランプ大統領とかさなって見えた。

＊

さてそんなふうにペネロペは次々と言葉を獲得し、まわりに広がる外側の環境を世界として構造化し、おのれの内面に組みこんでいった。二歳になるとかなりの単語をおぼえ、三歳になるともはや私よりアドリブがきくようになり、適当に屁理屈をこねてやりたくないことをやらないようになった。私が叱りつけるといい返してきて反論を食らうこともあり、元来口下手でアドリブのきかない私は口論に敗れることも多く、その場合は親の威厳もある手前、大声で怒鳴りつけて黙らせるという力による解決策に打って出た。

三歳半になると、テレビでおぼえたのか、びっくりするようないい回しを駆使して、風呂のなかでの父親との面倒くさい会話を煙に巻くようになった。

「あおは弟か妹が欲しくないの？」

「欲しくない」

「なんで？」

「あおちゃんは一人が好きなの。自分が好きなの」

「そうなの？　でも兄弟がいたら家で一緒に遊べるよ」

「そんなのできたらチンチンが生えちゃうよ」

「……わけわかんないんだけど」

「チンチンが生えるってことは、真実の愛ができるってこと。うきゃきゃきゃー」

ものすごく深い発言のようにも聞こえるが、適当にテレビかどこかで聞いたセリフを思いつきでつなげただけだろう。私の娘といえども、さすがにそこまで天才ではあるまい。

とにかくペネロペがまったく混沌とした状態から言語体系を習得し、彼女のなかで世界がある程度秩序立てられていく期間は、このようにわずかなもので、最初の発語から一年半ぐらいの時間で彼女はかなり普通に喋れるようになっていった。あっという間に大人とさほど変わらないレベルで意思疎通ができるようになり、こっちの発言を向こうが理解し、向こうの欲求をこちらが理解できるようになった。

おかしなもので、そのあいだ、言葉により世界を獲得していく娘を見ながら、私は、楽しそうだな、羨ましいな、いいな、オレもやってみたいな、という妙な感情をいだいていた。

どういうことかといえば、じつはペネロペがこの時期に経験していた世界を獲得するという過程こそ、私が探検活動で経験したいことそのものだったからだ。

私の探検活動といえば、たとえば最近では代表的なものに極夜の探検というものがある。これは、八十日間にもおよぶ冬の北極の極夜、すなわち太陽が昇らない暗黒の長い夜そのものを探検するというものだった。狙いとしては、この想像を絶する長い夜のあいだ、旅をつづけて、数カ月ぶりに昇った太陽を見て自分が何を感じるのか知ることである。

私たちは普段、毎日規則正しく運行する太陽の恩恵にあずかって生きているわけだが、現実としてはLEDとか石油エネルギーとか原発といった人工照明や太陽以外のエネルギー資源に頼っていることもあり、太陽に対してありがたみを感じることはない。つまり太陽を見ているようで、太陽を太陽としてあらしめているその本質を感じとっているわけではない。しかし太陽というのは本来、古代人が神話において太陽を神格化していたことからもわかるように、われわれ人間の命や生活の根本を成立させている究極に不可欠でありがたい存在であるはずである。私が極夜探検でやりたかったこと、それは暗黒世界を旅してその果てに昇る最初の太陽を見ることで、古代人が崇め奉っていたのに近いレベルの本物の太陽を見ることだった。

古代人と同じ本物の太陽を見る。それはある意味、自分が古代人になるということである。古代人が太陽を崇め神話を物語っていたということは、彼らが太陽中心の宇宙を言葉によって構造化して、それを自らの世界として獲得していたということにほかならない。要するに私は極夜明けの太陽を見て、古代人と同じように心から本物の太陽を拝んで感動することで、古代人が経験していた太陽中心の世界の獲得過程を追体験したいと思っていたわけだ。

これはまさにペネロペが言語習得過程で経験していた世界を獲得するプロセスと、基本的には同じことである。

さらにもうひとつ、いい機会なので宣伝をかねて付けくわえさせていただくと、今年（二〇一七年当時）の夏にやろうと思っている活動として北海道の日高山脈地図無し登山というのがある（註・これは実際にやったし、今も継続中）。これも昔の人間が世界を獲得していた過程を追体験しようという試みだ。

われわれは通常、山に登るとき地図を見る。地図を見ることでわれわれはめざす山へのルートを決めることができるし、計画も立てられる。現場では現在位置を知り、登山が計画通り進んでいるかどうか確認することができる。だが同時に、地図というのは先人の探検や航空測量などによって得られたデータを紙の上に落として図示化したものであり、その意味で、地図があることにより山は整然と記号によって秩序づけられ、構造化されているともいえる。いいかえれば、地図化された世界に生きるわれわれ現代人は、地図のなかった未開人が見ていた山、整然としておらず、秩序づけられておらず、混沌極まる山それ自体を経験することができなくなっている。

おそらくはじめて山に入った未開人は地図情報がないので、そこにある山そのものからいろいろ判断して、独自の地図をつくり山中に分け入っていただろう。無垢で真っ白な山を探検し、そして土地を発見し、土地に名をあたえ、じわじわと秩序のなかに組みこんでいったはずだ。私はあえて地図を持たず情報ゼロで山に入ることで、未開人が経験していた、そこにある山そのものを発見し、秩序化するプロセスを追体験してみたいと思っている。これも基本的にはペネロペが経験していた言語獲得過程と同じ話だといえる。

このように私は探検を通じて現代人が経験できなくなった始源の世界を経験してみたいと常々考えており、まさにそれをやってのけているペネロペが羨ましくて仕方がなかったのだ。ペネロペが経験していた言語化以前の世界は極夜よりも、地図のない山よりもさらに混沌としており、無分節、無秩序で、想像を絶する世界であるにちがいない。ガスや塵のようなものがただ拡散するばかりで、中心というものがいっさい存在せず、その一方で様々な情景が入り組み、粘質的に絡みあい、それはただそれとしてそこにあるというだけで、それ自体、まったく意味をなしていないという状態。時間と空間と因果律によって思考をがんじがらめにされたわれわれの認識能力では到底とらえきれない領域。解脱者しか知ることのできない世界。噂も口伝もない、あらゆる情報から遮断された完全に未知そのもの、未知しかない究極の地図の空白部である。

その究極未知の、人類未踏どころか、存在未踏の意味不明な空白部に、人間の赤ちゃんは産道を飛びだしてポコンという音とともに生み出されるのである。そして光を見て、視覚情報を得て、よくわからないまま蠢き、ハイハイをはじめ、手足の触覚情報から外界を身体的にとらえはじめ、そしてついには言葉を獲得することによって物体に名前をあたえて、無秩序な空間を分節していき世界化していくのである。

これこそまさに未知を発見するという究極の探検であろう。つまり生誕とは探検そのものなのだ。

私は成長し、言葉を獲得していくペネロペを見ながら、いったいこの子はどのような未知を探検しているのか知りたくて仕方がなかった。極夜世界も非常に未知的でかなり面白かったが、ペネロペが経験している世界はさらに純粋未知なので、もっと謎まみれ、発見だらけで面白いにちがいない。毎日、毎時間、毎秒が発見の連続だ。本当はオレも四十年前に同じ世界を探検していたはずなのに、今では全然おぼえていないなぁ、羨ましいなぁ、などと思っていた。

そして親なら誰もが経験があることだと思うが、この時期の子供を見ていると、どうしても母胎にいたときのことが気になってしょうがない。母胎空間となるともう、言語化以前の世界を超えた、もうわれわれの想像を絶することさえ絶する、完全に未知を超えた無の世界といってもいい。この無の世界においてペネロペはどのような状態にあったのか。ただ眠っていただけなのか。それとも何か考えていたのか。ちょっと足のあたりが窮屈なので動かそうとか、何か外から音が聞こえてくるけど、これ、何なんだろうとか、そういうことを不思議に思っていたりしたのだろうか。

そしてそのあとにくる出生。精神分析家オットー・ランクによれば、人間は誕生するときは誰もが英雄だ。すなわち、ぬくぬくとした居心地の良い母胎から、胎児にとっては宇宙空間にもひとしい未知の外界に飛びだすという出生行為こそ、人類全員が共通して最初に経験するという究極の冒険なのだ。さらに心理学者スタニスラフ・グロフによると、胎児は子宮から産道に入るとき根源的な不安を感じるらしく、それが人間が人生で最初に植えつけられる意識の萌芽だということだが、果たしてそれは本当なのだろうか。母胎から外界に飛びだすとき、人間は怖い、嫌だと思うのだろうか。

そうしたことが気になって仕方がなかったので、私はペネロペが言葉を話せるようになってから、たびたびインタビューを試みた。なかには出生前の記憶をのこす子供もいるらしく、もしわが子がそうなら、詳細に聞きだし、メモをのこし、何なら音声データで記録し、この本で公表しようと思っていた。

インタビューは何度か失敗に終わった。だが、四月上旬のある日、寝る前にベッドで何気なく「あおは赤ちゃんのときのことおぼえている?」と訊ねると、「うん!」と元気よく答えたので、私の期待は俄然高まった。

「お話しできるようになる前のことは?」

「おぼえてる」

「オカアチャンのパイパイ吸っていた頃のことだよ」

「あおちゃんね、オカアチャンのお腹にいたときのことおぼえてる」

マジか! 私は興奮して身を乗り出しそうになった。自分から当時の記憶を語りだしたのだ。これはいける。だが、ここで興奮してあせって質問を繰り出すと、答えないほうがいいかもと相手が身構え、インタビューが失敗する可能性もある。ここはちょっと慎重になって何でもないことを訊くように落ち着いて質問したほうがいい、と、昔、新聞記者をやっていた頃の気持ちがよみがえった。

私はさりげなさを装って会話をつづけた。

「え、本当? おぼえているの?」

「うん」ペネロペは真面目な顔でそういった。

「ど……どんなんだった?」

「えーーーっとね……」ペネロペは考えこんだ。いったい何をいうのか、とドキドキしていると、元気よく叫んだ。

「ラーメン食べてたぁ！」

唖然とした。その横でペネロペがゲラゲラ笑っていた。

鼻くそあるいは女の情念

二〇一七年二月四日、私はグリーンランド北西部の海岸に立つ小さな無人小屋で、キツネの肉を炒めてキツネ焼肉を食べていた。

小屋に着いたのは五日前、キツネはその前日にライフルで撃ちとめたものだ。ありがたいことにこの日の気温はマイナス二十八度と比較的暖かい。だがそれでもマイナス二十八度だ。私の生活により発散された蒸気（私の息、汗、炊事のときに出る湯気）が天井や壁に張りつき、小屋の内部は凄まじい量の霜におおわれている。マグロ漁船の冷凍庫のなかでキャンプしているようなものである。

小屋があるのは北緯七十八度四十分、岸には海氷が乱雑に乗りあげ、冷え冷えと凍結した海が月明かりに照らされていた。極地のなかでもこのような高緯度地域では、冬になると太陽が四カ月も昇らず、極夜という死の暗闇につつまれた季節がおとずれる。シオラパルク村を出発してすでに二カ月間、私は一頭の犬とともにブリザードに打たれ、月明かりを頼りに、ひたすら絶望が支配するその暗黒世界を彷徨《ほうこう》してきた。

極夜。光も希望もない、隔絶された氷の世界。そんな環境で長い旅をつづけた果てに昇る太陽をついに見たとき、人は何を思うものなのだろう。それを知ることが〈極夜の探検〉と称したこの旅の計画の最終目的だった。だが、初日の出までまだ二週間ほどあるにもかかわらず、私は心身ともに疲弊しきっていた。当たり前である。人間、暗いと気分が沈むし、活動意欲が低下する。村での準備期間もふくめて四カ月近くも夜の暗闇で生活していると、どんなに神経のにぶい人間でも大きなストレスを溜めこむものだ。私は漆黒の空間でヘッドライトをつけて歩きまわることに心底嫌気がさしていた。もううんざりだ、二度と極地の旅なんかしないぞと決意をかためていた。

だが、そんなストレスフルな極夜の旅でも、たったひとつだけ楽しみがあった。衛星電話だ。

もうそろそろいいだろうか……。キツネ焼肉を食べ終わった私は寝袋に入って、衛星電話の端末を脇の下で温めた。時刻は午後九時。グリーンランドと日本との時差はちょうど十二時間なので、向こうは午前九時だ。いい加減、妻と子供が起きる頃だろう。

衛星電話で家族と連絡をとることは、私の冒険に対する信念と反していた。というのもこの極夜の探検のテーマは人間世界からいかに隔絶するかにあったからだ。いや極夜探検ばかりではなく、人跡未踏の荒野や氷原を舞台とする冒険のほとんどが、人間世界から隔絶した真のウィルダネス、真の孤高を求めての行為であると私は思っている。日常とのつながりをすべて断ち切ることではじめて非日常の位相、すなわち真の自然の奥底に入りこむことは可能となるのであり、隔絶することは自然と対峙して宇宙の真相を理解するための必要条件である。チームを組まずにわざわざ単独行をする意味も、隔絶することによって得られる、この自然との一対一の対峙性にある。要するに自然を本当に理解したいのなら、すべての絆、すべてのしがらみを切り捨て、あらゆるシステムから脱しなければならないのだ。だからこれまで私は衛星電話のような外界とつながるためのツールを冒険旅行に持ちこむような行動に疑問を持っていたし、実際、使わないようにしていた。

だが、それもすっかり変わってしまった。考え方が変わったのではない。それを実践できなくなったのだ。なぜか。結婚して妻ができ、そしてペネロペが生まれてしまったからである。

家族がいるのに長い旅に出る。それだけならまだ許されるかもしれないが、今回の旅は人類がほとんど経験したことのない、どんな危険があるかわからない極夜の長期探検だ。それを通信機器を持たず無連絡でやり通すということになれば、私のほうはよくても、妻のほうは夫が三カ月も四カ月も生死不明の状態にあることに精神的に耐えきれないだろう。さすがに家族持ちで無連絡長期探検のこだわりを貫き通すことは、人倫にもとることではないか。どうしても隔絶した旅にこだわるなら、私は結婚生活を放棄して妻と離縁し、ペネロペともお別れするほかないのではないか。この極夜探検に出発するとき、私はそのような葛藤に引き裂かれた。しかし現実として衛星電話を持たないためだけに、家族と別れられるわけがない。結局、私はこの冒険行の作品としての完成度をとるか、家族との日常生活をとるか、どちらをとるか迫られた結果、後者を選択した。つまり衛星電話で家族とつながることで冒険としての完成度を落とすことにはなるが、必要悪としてそれを認め、妻と定期連絡をとることにしたわけだ。この決断をくだしたとき、私は自分がもう冒険者というより一介の生活者にすぎないことを痛感した。

そして、ひとたびこういう便利な機械を受け入れてしまうと、麻薬のように、それなしではいられなくなってしまう。最初は隔絶感の問題もあるし、それにバッテリーがなくなるといけないので四、五日に一度のショートメールで現在位置を報告するだけだった。だが、それもバッテリー残量に余裕が出てくると、メールが電話になり、四、五日に一回だった電話連絡も、小屋にもどる頃には毎日に変わっていた。連絡の目的も最初は現在位置を報告して一応生存していることを妻に知らせるという必要最低限のものだったが、それも極夜のストレスにさらされるうち、妻子の声を聞いて会話そのものを楽しむことに変わっていき、最後は家族の声でも聞かないとやってられないや、という心境になっていった。こうなると隔絶もクソもあったものではない。精神もそれまでは糸をピンと張りつめたような状態だったのが、家族の声を聞くことでぐにゃりと甘ったるく溶解してしまい、風呂に入ったあとにペネロペと絨毯の上で抱きあってゴロゴロ転がっているときと同じようなだらしない感じになってしまっていたのだ。

そういうわけで私は小屋の生活における唯一の楽しみ、妻とペネロペの声を聞くため衛星電話のボタンを押した。長かった。この時間のために、今日という一日があったようなものだ。早く家族とつながりたい。つながって、絡みあい、二重螺旋の渦のなかで心の平安を得たい。声を想像するだけで心が弾む。しかしまだ油断はできない。グリーンランドと日本は時差が十二時間、基本的には私が起きているときは向こうは寝ており、会話のチャンスは一日にわずかしかない。しかも、私の妻は普段から（私からの）電話にはまったく出ないタイプの人間で、今回のような危険な探検行の定期連絡でさえ、うっかり私から電話があることを忘れてしまったりする困り者なのだ。

何コールかして妻が「もしもし」といった。

「もちもーち、ナニちてるの〜〜」

しまった。妻の声を聞いた瞬間、探検中の緊張の糸が切れ、つい声が幼児化してしまった。

「どうしたの。そんな声出して」

「どうしたのって、オレは会話をしたいんだよ。寂しいんだ、ものすごくね。ここはとても暗いから」

「ああ、そう。フフフ。あおとかわろうか」

はい、オトウチャンだよ、という妻の声につづきペネロペの声が聞こえた。

「オトウチャン、北極着いたぁー？」

「着いたよ。こっちは寒いよ」

「☆□○×☆☆ーー！！！」

ペネロペが甲高い声で叫びはじめた。なんとかわいらしい声だ、といいたいところだが、残念ながら衛星電話が感知できる音域をはみ出しているのか、発言内容がさっぱり聞きとれない。ペネロペは一方的に散々わめき散らすと、それに飽きて「もういい」と電話を返したらしく、また妻の声にかわった。

「なんか最近面白い話あった？」私はニュースに飢えていた。何でもいいから、気分転換になる話題が欲しかった。

「とくに変わりないけど」

「なんかビッグな出来事はなかったわけ」

「トランプが大統領になってからはべつにないよ」

「何でもいいんだよ。あおの最近の話でも」

「ええぇ？　すごく下らない話ならあるけど……」

ためらいながら妻がはじめたのはつぎのような話だった。


この前、ハルちゃん（いつも遊んでいる仲良し四人組の一人である）の誕生日で、みんなでアンパンマンミュージアムに行ったんだけど、そのときに滑り台で遊んでいたら、ユイ君（同じく四人組の一人）の背中に鼻くそがくっついていたの。すぐにお母さんたちが、誰がそんなことしたのって子供たちに訊いたんだけど、みんなわかんないっていうばかりだし、ユイ君に訊いても「全然気づかなかったぁー。ムフフ」とニコニコするだけで、結局誰がつけたのかわからなかったんだよね。でも、帰り道の途中で気になったから、まさかね……と思いつつ、「ねえ、鼻くそつけたのあなたじゃないよね」とあおに訊いたの。そしたら、「ユイ君に鼻くそつけたのあおだよ」と悪びれずにいうわけ。「どうしてそんなことするの」って訊いたら、「だってさー、ユイ君のことが大好きなんだもん」って楽しそうに話すから、もうびっくりしちゃった。

私は口から白い息をあげて、ゲラゲラと大声で笑った。

「めちゃくちゃ面白いね。そういうのが聞きたかったんだよ。そうか、あおはやっぱりユイ君のことが好きなんだ」

「そう。いつも追いかけまわしているんだよ」

「でも、鼻くそっていったって、ちっちゃいやつだろ？」

「ううん。すんごい大きなやつだった」

はっはっはっと私はまた大きな声で笑った。

電話を切り、コンロの火を消した。燃料を節約するため小さな火でちびちびと暖をとっていたが、火が消えるとテント内は急速に冷えてくる。やることがなくなった私は身体が冷えないうちに寝袋のジッパーを顔まであげ、娘の行状と言葉について思いをめぐらせた。

大きな鼻くそ＝ビッグ・グリーン・スライム。

私は、娘の二つの鼻腔に詰まりがちな、あの粘度の高い物体を思い出し、それをこすりつけられたユイ君の不快を想像し、微笑した。だが、そんなことを思ううち、ふと、ある大きな矛盾に気がついた。

ペネロペはこういった。

〈ユイ君に鼻くそをつけた。だって彼のことが好きだから。〉

よくよく考えてみればおかしな話である。なぜ好きな人に鼻くそをつけるのか。常識に照らせば、この文章はロジックとして成り立たない。いうまでもなく鼻くそは鼻水と埃が混合し凝固した汚物である。味はちょっとしょっぱくて、幼児期に誰もが好奇心から一度は口にして、おいしいなどと思い、しばらく鼻くそ食にはまるが、それでも汚物は汚物。糞尿や恥垢《ちこう》、足の親指の爪に詰まったカス同様、人体からの汚らしい排出物の代表格である。当然、公衆の面前で堂々とほじくるものではなく、取り出すときは人目を避け、万が一、大きなやつが出てきた暁には誰にも見つからないように、こっそりそのへんに駐輪している自転車のハンドルなどにこすりつけておくのが社会人のマナーだとされている。

一方、人を好きになることはまったくちがう。恋愛感情はつねに美しい情動であり、相手の人格を認めて受け入れるという稀有《けう》に肯定的で前向きな態度だ。通常われわれは恋をしている人を見て、羨ましさや妬ましさを感じることはあっても、憐憫や同情を感じることはない。結婚詐欺師や女衒《ぜげん》に騙《だま》されている場合は別として、あの人、恋をしていてかわいそう……などとは普通はいわない。

そう考えると、鼻くそにより象徴されるネガティブの観念と恋愛により象徴されるポジティブの観念は正反対の位置にあるわけで、だからこそ、その風味も一方はしょっぱくて、一方は甘酸っぱいと完全に逆のテイストなのである。

背中に鼻くそをなすりつけるという嫌がらせにほかならない行為の理由を、その人のことが好きだからという感情で説明することはできない。〈だって〉という理由や原因を説明する接続詞はこの場合、適切ではないのだ。

もし、この二つの内容を文法的に齟齬《そご》なく接続するなら、〈ユイ君に鼻くそをつけた。彼のことが好きなのに〉とか、〈ユイ君のことが好きだけど、鼻くそをつけてしまった〉といった少々無理のある文章になる。しかし、ペネロペはあえて〈だって〉という言葉を使い、鼻くそをつけた理由を好きだからという感情でスムーズに説明したのだ。そう、無理なく、極めて美しく。

なぜ彼女の意識のなかでこのような論理が成り立ったのだろう？　私は寝袋のなかで考えつづけた。冬の、太陽の昇らない極夜の北極では妄想と考察以外にすることなど何もなかった。

可能性としては二つ考えられそうだった。

A　ペネロペは鼻くそを汚いものだと認識していない。だから好きな相手にくっつけた。

B　ペネロペは鼻くそを汚いものだと認識している。だからこそ好きな相手にくっつけた。

普通に考えたらAの可能性が高そうに思える。なにしろペネロペは三歳になったばかりの幼児であり、鼻くそが汚いといった汚穢《おわい》、タブーの観念をまだ身につけていなくても不思議はないからだ。だとしたら何もわからずにやったわけだから、単なる幼児の戯れ、そこに深いメッセージ性はなくなる。

しかし、妻との電話の内容をふりかえると、必ずしもそうとはいえない。というのも、ユイ君の背中に鼻くそがついていることが発覚し、母親たちが犯人捜しをしたとき、ペネロペは自らの犯行を告白することなく何食わぬ顔でダンマリを決めこんだからだ。つまりペネロペにはそのとき罪悪感があった。だから皆の前で自白できなかった。罪悪感があったということは、誰かの背中に鼻くそをつける行為が倫理的に不適切であることを理解していたということだ。そして、それが倫理的に不適切であることがわかっていたなら、その不適切さの要因は〈誰かに何かをなすりつけること〉ではなく〈鼻くそ〉自体にあること、すなわち鼻くそが誰もが嫌がる汚物であることをも認識していたことになる。つまり、ペネロペの深層心理において、正解はAではなくBであり、彼女は鼻くそが汚いとわかっており、それゆえ好きなユイ君にくっつけたのだ。

鼻くそは汚い。汚いからこそユイ君にくっつけた。だって彼のことが好きだから——。

この飛躍した心理展開を読みとったとき、私は娘の無意識層で早くもゆらめきはじめている小さな炎に気がついた。

汚いけどくっつける。いや、汚いからこそくっつけたい。私はあなたのすべてを知りたいし、私のすべてを知ってもらいたい。だから私の汚いものを受け止めてもらいたいし、あなたの汚いものも受け止めたいの。この愛に途中下車はないわ。お互いの汚いものをすべてさらけ出し、くっつけあい、汚しあって、ぐちゃぐちゃになりたいの。そしてずぶずぶの一塊の汚物となって、どこまでも坂道を転がり落ち、もっともっと堕ちるところまで堕ちて、この世の煉獄でついに黒い燃えカスになりたいの。そのときにはじめて私たちの愛は生と死を超越した崇高な形態として結晶するの。

『天城越え』みたいな話だが、好きだから鼻くそをくっつけるという行為の意味を論理的に極限まで突きつめれば、そういうことになる。というか、ならざるをえない。そしてこれは女の理屈だ。女の愛のかたちである。少なくとも男はこういう好意の示し方、愛の表現をしない。もう少しマイルドに、前後の文脈の整合性がとれたかたちで、順接は順接で、逆接は逆接でと、定められたルールに則り、内容的に矛盾のない用語の使い方をして愛を語ろうとする。だがペネロペの言葉の背後にあるのは、こうした言語ルールの無視、逸脱であり、物事の意味や規則性を超越した、肉体の衝動にしたがった生の情念そのものである。要するに無茶苦茶なのだ。

娘の深層心理には愛を貫徹できるなら最終的には好きな男との死さえためらわない、女という生き物の原初的にして究極な形態が早くも芽生えているのではないか。そのことに気づいたとき、私は、そういえば思い当たることがあるなぁと思った。

＊

考えてみれば、たしかにペネロペはかなり早い時期に女になっていた気がする。おそらく娘ができた父親の最大の当惑のひとつは、娘が相当早い段階で、それも想像を絶するほど幼児の初期段階で女としての言動やふるまいをはじめることだろう。女は恐ろしく女になるのが早い。啞然とするほど早いのだ。

ペネロペの場合は大雑把に一歳前後で乳離れし、離乳食に移行した。また同じ頃、ハイハイやつかまり立ちを終えて直立二足歩行を開始しており、アーとかウーとか言葉にもならない発語をするようにもなっていた。それは、惑星が惑星になる前の宇宙空間に漂うガスや塵みたいな、無内容な音がたちこめているだけの、何の形状もともなっていない靄《もや》のような言語化以前の発語段階である。それが一歳をすぎると靄状だった発語の様態に理解可能なかたちが次第にあたえられていき、単語や構造をともなった言語段階に発展していく。ペネロペが一歳三カ月から同十カ月ぐらいまで、私はグリーンランドに滞在していたので、そのあいだの発育状況は電話やスカイプを通してしか知らないのだが、一歳十カ月頃に帰国したときにはかなり自分の意思を言葉で表現できるようになっていた。そして、みるみる語彙を増やし、おおむね正しい文法を身につけ、二歳になった時点で会話と呼べるレベルの意思疎通が可能になっていた。そしてその段階になった時点でペネロペは、もう、いっちょ前の女みたいな発言をくりかえすようになっていたのである。

〈女みたいな〉とトータルに女性を偏見でカテゴライズすると性差だ、女性差別だといわれるので気をつけなければならないが、要するにここでいう女としての言動やふるまいというのは、男たちが酒の席で「女ってさぁ、結局……」と愚痴めいた口調でこぼすアレである。つまり自らの女性性を前提とした言動や態度のことであり、美や色気で男を籠絡する駆け引きめいた仕草や男を管理しようとする態度等のことである。とりわけ女児の場合は周囲から「かわいいねぇ、かわいいねぇ」とちやほやされるのが常態となっているので、あなたアタシのことをかわいいと思っているでしょ、という相互了解を意識したうえで会話をしてくることがある。そして、それがなぜ父親にとって当惑的なのかといえば、そうした女みたいな発言やふるまいを、娘はまずもっとも身近な男である父親に対して駆使してくるからだ。そりゃ三歳の娘から大人の女みたいにいいよられたら誰だって戸惑うだろう。さらにいえば、そんなふうにいいよられて嬉しいと感じている自分がいるのも、当惑の原因だ。同じことをどこかでいわれたことがあったな、と記憶をまさぐると、十年前のキャバクラだったりする。

相手は娘なのにキャバクラの女にいいよられたときと同じような顔つきでデレデレしており、われながら気色悪いのである。

二歳になった頃からペネロペは私に対して猫なで声を出して、甘えるポーズを示すようになった。膝の上に乗せているとやおら「ねえ、オトウチャン♡」とまったりとした声を出して私の胸に顔をあててくる。

「どうしたの？　あお♡」

こっちも嬉しいものだから、ついつい語尾に♡マークのつく語調で応じてしまう。

「オトウチャンが好き♡」

「オトウチャンもあおのことが大好きだよ♡」

「ねえ、好きだから抱っこしてよ」

「え？」

「好きだから抱っこしてっていっているでしょ」

はじめてそういわれたとき、私は奇妙な違和感をおぼえた。どういうことだろう。この子は〈好き〉という崇高な感情を何だと思っているのか。抱っこという自分の願望をかなえるための交換財だとでも考えているのだろうか。しかもどういうわけか半分、命令口調である。

私は娘になめられているのではないかと感じた。いつも「お前が一番かわいいなぁ」と絨毯の上でゴロゴロ転がっているものだから、自分がかわいさをまき散らして「好き」と一言いえば、この男なら簡単に手玉にとれるわ、ここでもうひと押しすれば落とせるわ、などと判断しているのだ。随分と安っぽく見られたものじゃないか、オレも。と思ったものの、二歳当時のペネロペといえば背後から眩《まばゆ》い後光が照り輝くほどのかわいさにつつまれていた時期で、人類が彼女の要求を退けることは事実上、不可能、私は顔面をだらしなく溶解させて「いいよ～♡」と簡単に屈するほかなかった。

さらに結婚という言葉をおぼえると、それも交換財として利用しはじめた。

「ねえオトウチャン、結婚しようよ～」ペネロペが私の首にねっとりとした動きで絡みついてくる。

「え～結婚すんのぉ？」やはり嬉しいことこのうえないので私もデレデレとした口調になる。

「だって、オトウチャンのことが好きなんだもぉ♡」

ペネロペが自らの愛くるしさを限界まで押し広げてそういうと、隣で聞いていた妻がピクンと反応した。

「なに、あお、オトウチャンと結婚すんの？」

するとペネロペは驚くべき本音を吐いた。

「だって、指輪欲しいんだもん」

ゆ、指輪？　唖然とする私を尻目に妻が隣で爆笑した。

「この子はいっつも私の結婚指輪を狙っていて『ねえ、これ頂戴よ』といってくるの。そのたびに、ダメだよ、これ、オトウチャンと結婚してもらったやつだからっていってたから、結婚したら指輪がもらえると思ったんだね」

ペネロペは妻に対しては、このような愛を材料にした取引みたいな駆け引きをしかけてこないという。それを考えると、どうもこれは男に対しての純然たる性行動だと考えられる。言語を習得してすぐにこのように性を前面に押し出した行動をとったということは、もしかしたらペネロペは言語習得以前の段階も、単に意思表示できなかっただけで、もうすでに女だったのではないか、という疑念が生まれる。下手すると生まれた段階で女むき出しだった可能性さえ考えられる。少なくとも相手との関係性をしっかり認識したうえで、人によって言動やふるまいを使い分けるしたたかさを持っている、ということはいえるだろう。父である私はいまだに持ちあわせていないというのに……。まったく女というのはいったいいつから女なのだろう。娘の行動を見ていると女についての謎は膨らむばかりなのだ。

困るのは幼児にはまだ性に対するタブーが存在しないことだ。これをいったら恥ずかしいとか、そういうことをしたらみっともないといったモラルの形成も不完全である。タブー無し、モラル不在、社会性ゼロで、ある意味、生物的な女性性だけがむき出しになっているわけだから、タブーやモラルで行動を規制する成人女よりも、はるかに原始的に、動物のように本能全開で女をぶつけてくる傾向がある。もちろん身近にいる異性は父親しかいないので、女性性をぶつける対象は基本的に私だ。幸いなことに私は一般男性よりモラルやコンプライアンス意識が比較的低いほうではある。でも、まったくゼロではないので、タブー無しで露骨に意思表示&愛の取引をぶつけてくる娘には、やはり戸惑ってしまう。

そしてこの戸惑いは、オレ＝父親というのは娘にとってどういう存在なのかという、いわゆる父の疎外問題を招きかねない危うい疑問に接続されている。それはつまり、好きだから抱っこしてとか、結婚するから指輪をくれとか、そんなことばかりいうということは、女という生き物は結局のところそこなのかよ、という疑問である。最低でも年収一千万とか、将来にわたる継続的な生活の安定とか、女って生まれた時点で男にそういうものしか求めてないんじゃないか。親として、人格的にオレに愛情をいだいているわけではないんじゃないか。父親って別に不要だけど、抱っこして指輪をくれるなら存在してもいいぐらいにしか思っていないんじゃないのか。要するにオレは妻だけでなく娘にとってもＡＴＭなんじゃないのか。それはちょっと寂しいことなんじゃないのか。等々の口に出すのもはばかられるような悲しい疑問が、次から次へと裏山の筍《たけのこ》みたいにわいてくるわけだ。

実際に驚くような反応を見せられて愕然とすることも頻繁にある。

幼稚園に入園して二日目の朝食のときのことだ。もともとペネロペは食べることにあまり興味がないようで、常時遊びたくて仕方がない性分なので、いつも食事に時間がかかる。早く食べなさいと叱ると、口だけは達者なので何だかんだと屁理屈をこねて言い訳をする。その日も朝食になかなか手をつけず、食事をしない理由をぐだぐだと言いつづけ、そのうち椅子を下りて、掌をくるくるとまわしながら彼女独特のパラパラみたいな奇妙な振りつけの踊りをはじめた。調子にのってダンスは佳境にさしかかったが、幼稚園に遅刻するので妻が「いい加減にしなさい」と怒鳴りつけた。

妻の怒りの形相に、さしものお調子者ペネロペも少し怯《ひる》んで、表情をうしなって妻の顔に見入っていた。

「早く食べないと遅刻するよ！」

「…………」

「昨日は初日だったからご飯食べなくても幼稚園に連れて行ったけど、今日は食べなかったら連れて行かないからね」

「もう、どうしてそういうことというの？」ペネロペが困り果てた顔でいった。

「知らない。食べないなら話しかけないで」

「ちがうんだよ」とまた妙な屁理屈をこねはじめる。「あおちゃんね、お話があるんだよ。

今日はね、またね、幼稚園で新しいお土産をつくるから、それを話そうと思ったんだよ。もう」

「そう、わかったから、じゃあ椅子に座ってご飯食べて」

妻がそういうと、ペネロペは「もう」とぷりぷりしながら、とにかく自分には食事をしない正当な理由があるのにそれを認めてもらえないことが不満でならないといった態度で椅子に座ろうとした。その瞬間だった。それまで私は二人の言いあいにまったく参加しておらず、ただ横で目玉焼きを食べているだけで、完全に善意の第三者として傍観していたのだが、ペネロペはその傍観している私の存在にそのときはじめて気づき、こういい放ったのだ。

「もう！　オトウチャンがなんでここにいるの！」

えええっと啞然とした。なんでいるのって、だってここはオレの家じゃないか。オレだって朝食食べたいじゃないか。オレはお前の親じゃないか。オレがいないとお前はこの世に誕生しなかったんだぞ。しかし、それらの事実をまったく無視して、ペネロペは私という存在自体を一瞬にして吹き飛ばすような発言をする。まるで〈あなた、すなわち父親という存在は私にとっては本質的ではありません。とくにいなくても困りません。生活費さえもらえれば〉と宣告するかのようなことを、本音がぽろりと漏れたみたいにうっかり漏らすのである。父という存在の虚しさを感じるのは、日常にまぎれたこういうふとした瞬間である。

そのくせ抱っこをしてほしいときや指輪が欲しいときは「オトウチャン、大好き」などと甘えて、恋人みたいな仕草をしてみせる、その撞着《どうちゃく》ぶり。寝る前に絵本を読んでほしいときは「オトウチャン、今日は一緒に寝よう」といってベッドに誘い、本を読み終わると「オトウチャン、もういい。向こう行って仕事してきて」とかいうし、アイスを食べたいときだけ、目一杯甘えてくるし、「チューしてくれたら買ってあげる」というと、普段はチューしてくれないのに思いっきり唇を突き出して何なら舌まで出そうかという勢いだ。

そういうペネロペの態度を見るたびに、私は女というのは本当に恐ろしい生き物だとつくづく痛感する。痛感するのだが、もちろんペネロペに「大好き」などといわれると死ぬほど嬉しいので速攻で絵本を読んであげるし、アイスも買いあたえる。そしてアイスを美味しそうにペロペロ舐める娘の姿を見ながら、こう思うのである。

こいつ性を売ってるなぁ。オレも性を買ってるなぁ、と。

そんなペネロペの女ぶりが頂点に達したのは、極夜の探検が終了して約五カ月ぶりに帰国したときだった。前に書いた友達のユイ君に鼻くそをくっつけた事件から一カ月ほどあとのことである。久しぶりに私と再会したのがよほど嬉しかったのか、ペネロペは成田空港に迎えに来てからずっと私のそばを離れなかった。足にくっつき、身体に巻きつき、腕を組んでは「オトウチャン♡　オトウチャン♡」と恋人みたいに延々と甘えた声を出しつづける。仕草や媚態《びたい》は完全に女。瞳をのぞきこみ色目を使っては私の歓心を買おうとする。

私のほうはといえば、もちろん最高の気分だった。完全に両方の眉尻が垂れさがり、デレデレしてしまう。

夕食のときもペネロペはべたべたくっついて離れようとしなかった。かわいさという、自分の、要するに女の武器を最大限に利用して私にしなをつくる娘の様子を見て、妻は敗北を悟ったらしく、目を丸くしてぼそっとつぶやいた。

「私には、もうこれはできない……」

それを聞いた私は内心、お前もやっていたのか……と別の衝撃を受けた。

そんな状態が何日かつづいたある日、知人と約束があった私は娘がテレビに夢中になっている隙を見て駅前の居酒屋に出かけた。帰国以来ペネロペは私にくっついて離れないので、外出するのが見つかったら、またひと苦労だと思ったからである。夜中に帰宅するとペネロペはすでに熟睡していた。妻に話を聞くと、ペネロペは私がいないことに気づいた瞬間、「オトウチャンがいない。どこ行った？」とわめきはじめ、「もう二度と離れないっていったのにぃ」と大声で泣きはじめたという。娘がそこまで私を偏愛するのはなかったことなので、妻も驚いてその様子をスマホで撮影した。動画を見せてもらうと、たしかに「オトウチャンがいない。オトウチャンがいない」とぎゃんぎゃん泣きわめく様子が映っていた。

「もうびっくりだよ」と妻がいった。「北極に行っているあいだだって、オトウチャンの〈オ〉の字もいってなかったのに」

「女の自我が目覚めたんじゃないか」

「どういうこと？」

「だってそうじゃないの。ちょうど女の本性が目覚めたときに近くにいる男がオレだってことだろ？　父親ってのは本質的に不要な存在なんだよ。親として必要としているわけじゃないから北極に行っているあいだは気にしなかったんだろ。それが急に泣くってことは親としてじゃなく、男として必要だったってことでしょ」

「何いってるの」と妻が呆れていった。「そんなの子供の本能で泣いているのに決まっているじゃない。久しぶりに家に帰ってきたのに、またいなくなったから捨てられたと思ったんだよ」

「そうかなぁ」

そのときは釈然としなかったが、あとから考えるとやはり妻の見解が正しかったのかもしれない。

その翌日、私が久しぶりに日課のランニングを再開するため家を出ようとすると、ペネロぺはまた「行かないで。離れたくないよ」と泣き出した。今生の別れのように涙をぼろぼろこぼす娘を振り切り、私は玄関の扉を閉めて外に出た。家のなかからはぎゃあぎゃあと大声で叫ぶ娘の泣き声が聞こえてくる。一時間ほど走り汗みどろになって帰宅すると、ペネロペの機嫌はすっかり直り、笑顔でとことこ迎えにきてくれた。その後ろから妻が現れ、「あおがオトウチャンに手紙書いたんだよ。感動するから読んでみて」と自由帳を手渡した。

自由帳にはA４用紙五枚にわたり、大きな幾何学模様のようなおぼえたての平仮名がならんでいた。一部読解不能な文字がまざっていたが、そこにはこう書かれていた。

〈おとうさんへ　41（註・私の年齢）

おとうさん　はなれたくないよ　だいすき　いっしょに

あそぼうね

かなしいよ　こんどいっしょにあそんでね

たのしみにしてるよ　げんきでね

あいしてるよ　きらいだけどだいすき〉

この娘の父親であれて本当によかった、心底そう思える一瞬だった。これがペネロペが自分の感情を素直に表現したはじめての文章である。

かっこいい父親をめざして

二〇一七年の九月末、住み慣れた都心を離れて古都鎌倉に引っ越した。鎌倉への引っ越し話が持ち上がったのは二年ほど前のことだ。そう、あれはペネロペが二歳を少し過ぎて、かわいさという点にかけては人生の絶頂期にあった頃である。

引っ越しまでの顚末を簡単に記すとつぎのようなことになる。

二〇一五年の春から秋にかけて、私はグリーンランド最北の村シオラパルクを拠点に極夜探検の準備活動をつづけていた。その旅の最中にちょっといい話があり、日本で私の帰りを待つ妻が椎名町近辺で借りていた賃貸マンションを引き払って、市ヶ谷駅前の某集合住宅へ引っ越すことを決めた。十月末に私が日本に帰国すると、妻は契約等もろもろ手続きを終えており、十二月に私たち家族は市ヶ谷駅前のその集合住宅へ引っ越した。ところがそれから急に、私たち夫婦のあいだで喧嘩が絶えなくなった。それまではわりと仲良くやっていたのに、些細なことで口論を開始してはテーブルをはさんでの罵りあいに発展する。その脇で言葉をおぼえはじめたばかりのペネロペが「歌わないで、歌わないで」と泣きじゃくる。別に歌っているわけではないのだが、二歳になり言葉をおぼえたばかりの娘は、人間が大声で言葉を発する行為を〈歌う〉という動詞でひとまとめにして理解しており、数少ない語彙で必死に両親の諍《いさか》いを鎮めようとするのだ。

引っ越しを機に急に喧嘩が増えた以上、その原因は引っ越したことにあるとしか思えない。たぶん市谷という街の殺風景な雰囲気とか、集合住宅の無機質な感じとかがストレスとなり、精神荒廃を招いているのだろう。そう判断した私は、家をかえたばかりにもかかわらず、妻に「この場所は良くないから、何ならまた引っ越そうか」と提案した。

今になって白状すれば、この提案は本気のものではなくて、喧嘩が増えたことにこっちとしてもつらい思いをしており、自分なりに改善策を考えています、よりそおうとしています、という態度を妻にアピールするための一種の方便にすぎず、本音をいえばあと十年ぐらい市谷に住みつづけるつもりだった。それなのに数日後、妻はタブレット型端末でSUUMOの画面を私に見せて「鎌倉にいい物件があるから見に行きたい」と切り出してきたのである。

それを機に事態は急展開した。妻の提案は鎌倉で一軒家を購入するというもので、正直いってそのときの私の気持ちとしては「はい？」という感じだった。本当に引っ越すとしても、こっちとしてはまた西武池袋線沿線近辺の賃貸マンションにもどることを想定していたわけで、戸建ての購入なんて考えたことすらない。それに鎌倉という街に対しても、私は、ゆとりのある人たちがボルボ240とかに乗って文化的な生活を送ってますみたいな、半セレブ感というか、すかした連中の住む街という偏見をもっていた。だから、そんなところ馬鹿馬鹿しくて住めるか、論外じゃ、と思っていた。しかし、それを口に出すとまた喧嘩となる。一応、よりそう姿勢を見せつつ、妻が気になるというその物件の内覧に行ってみた。

ところが実際に鎌倉に行ってみると、これがじつに良いのである。街の佇まいだけでなく、海は近いし、里山にもかこまれており緑も豊かだ。湘南新宿ラインに一時間も乗れば新宿で利便性も良し。これはいい。最高だ。みんなが鎌倉・逗子エリアに住みたがる理由がよくわかる。たしかにボルボ240はたくさん街中を走っているし、じつはひそかに私もボルボ240に乗っているのでそこはかなりマイナスなのだが、それをのぞけば人間の居住する土地として最高だ、と私はすっかり気に入ってしまったのだった。

結局、このとき内覧した物件は、戸建てを買うこと自体への覚悟を決められなかった私自身の精神的な弱さもあり、逡巡しているうちに売れてしまって購入するにいたらなかった。だが、その約一年後、今度は鎌倉駅から江ノ電で四つ目の極楽寺という地区のかなり山のほうにある物件で気になるのが出たので、それを見に行くと、集落の奥まったところにある感じとか、すぐ裏が山にかこまれている雰囲気とかが気に入り、最終的には半分勢いで購入することになったのだった。

実際に住んでみると、私にとって鎌倉・極楽寺はとても住み心地の良い場所だった。家から海までは徒歩十五分ほど、晴れて波の穏やかな日などは気軽にシーカヤックを楽しめるし、逆に家を出て山のほうに道を登るとすぐにハイキングコースに出られるので、わざわざ電車や車で丹沢や南アルプスに出なくても日常的に走ってトレーニングできる。遠出をしなくても自然と親しめる環境がすぐそこにあるので、都心に住んでいたときに感じていた忙しくてなかなか山に出られないストレスを、日常の生活のなかで解消できるようになった。

だが、私にとって鎌倉に住んだ最大のメリットは自然が近いことではなかった。移住の最大の利点、思わぬ副作用というか素晴らしき効用はほかにあった。鎌倉に越して以来、娘の私を見る視線が少し変化したように感じられたのである。

これは少し恥ずかしいので今まで内緒にしていたのだが、じつはペネロペが生まれて以来、私はずーっと、将来は娘にかっこいい父親だと思われたいものだなぁと望んでいる自分に気づいていた。彼女が成長して高校生ぐらいになったときに「理想の男性は父親です」と先生にいうとか、交際相手に「うちのお父さん、かっこいいから」と断言するとか、そういう発言を期待している。いったいなんでそんなことを思うのか自分でも全然わからないし、娘ができるまで想像すらしてなかった。それに、将来の彼氏に「うちのお父さん、かっこいいから」といってもらいたいと望むということは、自分という存在をその将来の彼氏に誇示してもらいたいと娘に希望しているということだ。それは将来の彼氏を雄として、生物学的な競争相手として意識しているということである。ということは私は娘をどこかで性的な対象としてとらえているということであり、正直、自分でも気色悪いなぁと思う。実際、もしこれが逆で、私たちの子供が娘ではなく息子で、妻がその息子に対して将来はかわいいお母さんだと思ってもらいたいなどと望んでいたら、私は妻のことを相当気持ち悪いヤツだと感じることだろう。でも、たとえそうだとしても、自分の心理を正直に見つめてみると、やはり私は娘にかっこいいと思われたいと望んでいるようなのだ。

ひとまずかっこいい父親だと思われるための第一歩は、父親として尊敬されること、つまり頼りになる優しい父親として見られることである。しかし残念ながら、これまで私には娘からそのような目線で見られていると認識できたことはほとんどなかった。それどころかむしろ逆で、ペネロペは赤ん坊の頃から思いつくまま私にアンパンチやアンキックを食らわせてきた。平気で頭突きや目つぶしもするし、妻にはチューするけど私にはほとんどしないし、こっちがチューしようとすると「やめて汚い。オトウチャン菌が伝染《うつ》る」などと私の全存在を否定するひどい暴言を吐いて顔をそむけるし、それでいてアイスや果物を食べたいときだけは愛嬌を振りまき性を売り物にして私をＡＴＭ化して扱おうとするしで、かっこいい父親というより、どちらかといえば差別や迫害の対象に近かった。

ところが鎌倉に来て、そうした娘の態度がすこし変わった気がする。理由ははっきりしている。中古の戸建てを購入したため、家のメンテナンスで軽いDIYとか力仕事系の作業をする機会が増え、娘は単純に私のその作業能力の高さに感服しはじめたのである。

一例を挙げると、高さ二メートルほどの脚立に上って高所作業をする場合がある。家の吹き抜けの上部の壁掃除や、外壁やウッドデッキの高い部分に高圧洗浄機を噴射して苔を落とす、あるいは二階のテラスにたまった落ち葉や泥を除去するような場合である。こうした高所作業では脚立の最上段から一段下のぎりぎりの高さまで上ることが多いわけだが、バランスが悪くて怖いので、大抵の場合、妻に脚立をおさえてもらって作業する。すると、そうした作業姿がいかにも危うげに見えるのか、娘の目には私のことが、家族のために墜落＝死の危険をかえりみず、恐ろしい仕事に果敢にも挑む頼もしい父親、として見えるようで、「オトウチャン、頑張れー！　気をつけてー！」と大声で声援をおくる。

DIY系の作業のときもまた、畏敬に満ちた厳かな表情で私のことを見つめる。たとえば壁に電動ドリルで下穴を開けて、重たい本棚に転倒防止用の金具をビス留めしたときも、ペネロペは、電動工具などという威圧的な機械音を発して作動する危険極まりなさそうな道具を自由自在にあやつり、つぎつぎと巨大な本棚を的確に安定させていく私の姿に、驚異の念をいだいていたようである。はっきりいって作業能力の高さといっても妻やペネロペとくらべてという意味であり、成人男子としては普通なのだが、ペネロペのまわりにはこうした能力を見せつける大人の男がほかにいない。それに特別なことをしているわけではなくて、市谷集合住宅時代にはやる必要のなかった家や家具のメンテナンスに追われているだけなのだが、こうした単純作業には肉体と道具を駆使して周辺の環境を改変し、新しい環境をつくりあげていくという明快さと創造性があるため、幼児の感嘆の対象になりやすいのだろう。

極めつきは段ボールをまとめて縛るという、作業と呼びうる行為のうちでももっとも単純な部類に入る作業中に起きた。資源ごみの日の前日に、妻がネットで調べた効率的な縛り方で大量の段ボールをまとめようとした。しかし、荷造りに不慣れな彼女はどうもうまく縛ることができない。横で見ていた私は痺れを切らして、「とりあえず適当に縛っとけばいいいんじゃない」と力まかせに段ボールをおさえつけて普通に固結びで縛った。ただそれだけのことなのだが、妻が失敗した作業に私がこともなげに成功したことが、ペネロペには尊敬に値する偉業に見えたらしい。そしてこの瞬間、引っ越してきてからペネロペの内部で醸成されていた〈何でもできるすごい父親〉というイメージがどうやら電撃スパークしたようで、その晩、ベッドで寝かしつけているときに彼女はこんな質問をしはじめた。

「ねえ、どうしてできたの？」

「え、オレ、何かやったっけ？」

「だからどうしてできたのって訊いているの」

「何のこと……」

「だから、さっき紐で縛ったでしょ。どうしてできるの？」

「ああ、そんなこと？　どうしてっていっても、ほら、山でも紐やロープを使うことが多いから慣れてるんだよ」

「オトウチャンって何でもできるんだね。練習したってこと？」

「まあ、そういうことかな」

「そうだよね。やっぱり何でも練習しなきゃできないよね」

何だかよくわからないが、この子は今、生きるうえでとても大切な知恵を獲得したのかもしれない。そう思った私は彼女の発見を全面的に肯定した。

「そりゃそうだよ。練習が大事さ」

「ねえ、オトウチャンは三歳のとき何してたの？」

「え、三歳？　おぼえてないよ。ご飯食べてウンコでもしてたんじゃない」

「ウンコしてたの～？」

「三歳のときのことなんておぼえてないんだよ。人間はね、大人になったら小さいときのことを忘れちゃうの。だからあおも大きくなったら今のことはおぼえてないんだよ」

他愛のない会話であったが、ペネロペが私に興味をもち、これほど質問攻めにするのは生まれてはじめてのことだった（そしてもう二度とないかもしれない）。こういう質問をするということは、紐で段ボールをこともなげに縛ることができるほど絶大な能力をもつこの父親は、いったい自分と同じ三歳のときには何をしていたのだろうかと、それが気になって仕方がない、ということだ。つまり私という人間に強い関心をいだいている。このとき私は、もしかしたら自分はかっこいい父親への第一歩を今、踏み出したのではないかと確かな手応えを感じた。

以前も紹介したが、私にとっての父親像は、霊長類学者山極壽一さんが雑誌「考える人」のインタビューで示したゴリラの父親モデルと同じだ。山極さんによると、ゴリラのオスは自分の力だけで父親になるわけではない。乳離れして父親のもとに集まった子供たちの喧嘩の仲裁をしたり、子供を保護したりすることで、はじめて子供たちの信頼を獲得することができ、父親という役割を発揮できるようになる。つまり父親とは実体のあるものではなく、あくまで家族内部での機能であり、社会的な擬制だ。いくらオレは立派な父親になるぞといきんだところで、そんなものは空回りするのがオチで、子供から頼りになると確認されなければ真の父親になれたとはいえない。家の高所作業やＤＩＹを通じ、圧倒的な肉体労働能力の高さ、すなわちゴリラの父親なみの筋肉の力を見せつけることで、私は頼りがいのある人、守ってくれる人として娘に安心感をあたえることができている気がした。

このままでいこう。いや、このままではなく、もっと偉大で頼りがいのあるかっこいい存在として自分のことをペネロペの精神の奥深くに植えつけよう――。

そう考えた私は、その日以来、ことあるごとにペネロペの耳元で「オトウチャンはね、何でもできるし、何でも知っているから」とつぶやいては、自分が全知全能でかっこいい父親であることを耳に吹き込み、洗脳することにした。うっかりそのことを忘れて、夕食時に「オトウチャン、キリンはなんで黄色いの？」などと不意に質問され、「そんなこと知らないよ。黙って飯食え」などと不器用な返答をして「なんで？　オトウチャン何でも知ってるんじゃないの？」と矛盾を突っこまれることもしばしばだが、今のところこの戦略は功を奏しており、友達が家に遊びに来たり、幼稚園の送り迎えで友達のお母さんと会ったりしたときに、ペネロペは必ず相手に私のことを紹介する。

「これがね、あおちゃんのオトウチャン。ユウスケっていうの」

「どうも、こんにちは。ユウスケです」

娘の口調には私のことを自慢げに紹介している感がないわけではないように、少なくとも私には聞こえる。そして そんな瞬間に、私はこの娘の父親であることの喜びと誇りを感じたりする。まったくおかしなものである。

自我の芽生え

ペネロペが生まれてからしばらく、私は夢を見ていた。

それは彼女が将来、京都大学に進学して有名な霊長類研究所で類人猿の研究に従事し、やがてスーダンの山奥に拠点を設け、密林で活動をつづけ美人ゴリラ研究者として名を馳せ、マスコミなどでちやほやされるという夢である。

ペネロペが生まれた時点で私は三十七歳で、不惑が間近だった。

実際に不惑をむかえてみると孔子がどのような意図で不惑という言葉を使ったかよくわかる。不惑とは惑わないことという意味だが、四十になった人間がなぜ惑わなくなるかというと、四十年間も人間活動をつづけているといい加減、ある程度地歩がかたまってしまい、そのかたまってしまった地歩から外れた選択をできなくなるからである。

たとえば私は三十二歳で新聞記者を辞めてフリーランスの物書き兼探検家として活動をはじめたが、三十までなら人生の地歩がかたまっておらず、基盤がゆるいのでそういう抜本的な転身は可能だった。ところが三十代のあいだ、ずっと物書き兼探検家で活動し、その立場での地歩がかたまってしまうと、このような抜本的転身は難しくなる。三十二歳独身男にとっていきなり退社してフリーになるのは無理のない選択だが、四十歳妻子持ちになると、それまでの物書きという生き方をやめて、いきなり農家になるのはかなり無理のあることだ。おそらくこれは収入が不安定になるとかそういう不安ゆえではなく、四十になると新陳代謝のスピードが落ちてしまい、生命体として勢いがなくなるためだろう。今では物書きとして好きなテーマで連載などさせてもらえる環境にあるし、その境遇をわざわざ捨て去って一からまた別の分野で地歩をかためるのはかなりのエネルギーがいるが、その噴出量がたりない。過去を捨て去るのは自分が築いたものを否定することでもあるので、精神的にもつらいことだ。

四十というのはそういう年齢である。三十になるときは地歩がないのでいくつもの選択肢から将来をチョイスすることが可能だったが、四十になると三十代に築いた自分に自分自身が縛られるため、将来の道筋は三十代の自分が築いたものに沿ってしか展開できなくなる。人生の固有度や他人とはちがう自分自身になれたという感覚が強まり、その固有的な生き方から下車することが困難になる。だから将来どうしようかなぁと惑わない。というか惑いたくても惑えない。もう決まってしまっており惑いようがない。惑っていたら逆にやばい。それが不惑という意味である。

不惑をむかえるというのは将来に夢がなくなるということでもある。人生の可塑性がうしなわれて、凝りかたまってしまっている。不惑になると、なんとなくこのまま物書き兼探検家という肩書で生きていき、そのときどきで面白いテーマで旅をして文章を書いて発表して生きていくんだろうなぁ、ということが見えてしまう。もちろんそのときどきの探検や文章作品の表現化といった活動は面白いにちがいないのだろうが、人生の根本的な部分での不確実性がうすまり、オレの人生はこの先どうなるんだろうという大きなレベルでの混沌が失われ、ある意味予定調和になっているので、そこらへんまでふくめてトータルに人生を眺めると、やはり昔よりつまらなくなってきた感じがある。簡単にいえば四十にもなると、どんな生き方をしていたって自分の人生に多少の飽きがくるわけだ。

そこに子供ができる。人生に爆弾が放り込まれる。ペネロペ爆弾だ。

この親子の関係は生物学的に本当にうまいことできていると思う。自分の人生から可塑性がうしなわれた瞬間、まさに可塑性の塊のような存在が自分の分身として登場するのである。子供は分身なので存在として自分と同等であり、子供の将来の価値は自分が子供だったときの将来の価値にひとしい。したがって、この子は将来どういう大人になるんだろうと考える親の夢想は、自分の将来を考える夢想とおなじだ。昔は私も子供ができた知人や先輩が「自分の人生や未来はもうどうでもよくなった。オレは子供の将来のために仕事をしているよ」などと話すのを聞くたびに、何を寝惚けたことといってんだろう、そんな人生死んだも同然じゃないか、と呆れたものだが、自分に子供ができた途端、どうしてそんな考え方になるのか、そのメカニズムがよくわかった。決まったレールに沿って進むことがあきらかとなった自分の人生より、どっちに転ぶかわからない子供の人生のほうが当然、スペクタクル度が高いのだ。

しかも、人生から可塑性がうしなわれ予定調和になりはてたとき、肉体が老化していくことへの恐怖とも直面する。私の場合、現在、毎年のように北極で橇を引いて氷原を長期放浪しているが、四十になるとさすがに、いつまでこんなことができるんだろうという不安が生じる。だから、あと二年か、それとも五年できるか……とどこかで終局を見据えながら活動をつづけている。肉体的な限界から北極で活動できなくなり、探検ルポが書けなくなると、物書きとしての社会的価値も失われ、書かせてもらえる場もなくなり、収入が途絶え、存在が抹消され、餓死。こういう結末が待っている。これが老化への恐怖の現実的姿なのだが、子供ができると自分の将来より子供の将来のほうに視点が移るため、この老化への恐怖からも目をそらすことができる。子供の誕生は衰えゆく自分という過酷な現実から目をそらすために生命が開発したセーフティーネットなのである。

厳しい現実を直視せず、夢を見て心地よく生きていくことのできる原理。この〈親―子の原理〉はDNAの二重螺旋構造そのものであり、このようなかたちで親から子へと命を託すことを可能にしたのは、まさに神の思《おぼ》し召しというほかない。

というわけで、私は娘が生まれてからずっと、彼女にゴリラの研究者になってほしいなぁという夢を見ていた。胎児の段階でまだ男か女かわかっていなかったときは、もし男だったら将来はこうなってほしいと自分の希望を託してしまいそうでちょっと面倒くさそうだけど、女の子だったらとにかくかわいく、美しく育ってくれればそれでいいので（それが一番難しいのかもしれないが）、どっちかといえば女の子のほうが楽かもしれない、などと呑気なことを考えていた。ところが現実に子供が生まれると、その子が女の子でも、親子関係には先ほどの〈親―子の原理〉が働くので、どうしても子供に希望や夢を託してしまう。自分から子へ。この視点の転移は、神の配慮であり生物学的宿命である以上、子供の性別に関係なくはたらくので、絶対に避けられない。

親が子供に夢を託すとき、その夢には必ず自己が投影される。人生に不満があれば自分が達成できなかった境遇を子供に託すだろうし、人生の満足度が高い人は自分と同じ境遇を子供にも願うだろう。私の場合は半々で、会社に就職して給与生活者として安易に安定した人生を選ぶよりは、できれば自分と同じように独力でオリジナル度の高い人生を切り拓いてもらいたいと願っている。しかも可能であれば、世界を股にかけ、野外をフィールドにするような元気で活力に満ちあふれた魅力的な女性に育ってほしい。インドアかアウトドアかといえばアウトドアだ。

一方で娘には自分のような邪道な分野ではなく、王道で勝負してもらいたいという思いももっている。

私は自分のやっていることをどこかで邪道だと思っている。物書きとしてはノンフィクションという分野で勝負しているが、ノンフィクションの王道はやはり取材だろう。新聞記者をした経験があるせいか、他人に話を聞き、新しい情報を掘り起こして、事実の力で知られざる物語を明らかにする作家こそ、ノンフィクション作家としての王道だという考えがある。しかし私の書いているのはそうした王道的ノンフィクションではない。自分の探検行を面白おかしくまとめただけで、自分の世界に読者を強引に巻きこんでいるだけ、つまり社会性がゼロである。

しかもその探検行為もかなり邪道だといえる。私は登山や川下りやカヤックや洞窟探検などといったひとつの分野を極めて頂点に上りつめたエキスパート＝王道的な行動者でなく、チベットの奥深くの大峡谷や、太陽が昇らない冬の極地など、どちらかといえばほかの人間が手を出さない、特定のジャンルに属さないニッチなフィールドを見つけてそこで勝負をする、いわば企画屋タイプの行動者である。このように私には、オレは邪道だという自己認識が強くあるため、どうしても王道な人たちに対してコンプレックスをもっている。しっかりと取材を尽くして上下二巻の人物評伝を書くような王道ノンフィクション作家の本や、ヒマラヤの七千メートル峰の途轍もなく難しい壁を単独で登るような王道アルパインクライマーの登攀に対して、あっちは分野がちゃんとあってその分野の連中に認めてもらえるからいいな、などと嫉妬を感じる。本屋でも私の本はだいたい〈登山〉コーナーに一律分類されているが、私としては、オレのこの本は山岳と関係ないだろうと不満をいだくこともある。つまり書店員さんも私という存在のジャンル分けに戸惑っているわけだ。だから子供には、自分のようにニッチで邪道な世界でボウフラみたいに漂って生きるのではなく、しっかりと背後に分野をかかえた、つまり書店に棚があるような王道の世界で勝負してもらいたいと願っている。

①世界を股にかけ②野外をフィールドにし③しかも王道である。さらにもうひとつ付けくわえれば④私にとっても面白そうなこと。この四つの条件を満たす将来像はひとつしかなく、それがゴリラの研究者だった。

もちろんゴリラではなくチンパンジーやオランウータンでもいいのだが、とにかくジェーン・グドールのように密林を拠点に、時々マラリアなどに苦しみながら霊長類を調べる美人研究者は、かっこいい。対象は生きた動物なので面白くないわけがないうえ、霊長類なら人間についての理解も深まるため学問的な深さもある。研究分野がきちんとあれば、私のように「極夜を探検してます」みたいな、わけのわからないことをやっている人間との印象をあたえなくてすみ、邪道感に悩むこともない。しかも京都大学ならば霊長類研究の世界的拠点だ。探検業界的にも京都大学は今西錦司、梅棹忠夫、中尾佐助、最近なら山極壽一等の系譜をひく日本最強のフィールドワーク大学であり、私の出身母体である早稲田大学探検部に流れる西木正明、船戸与一、高野秀行系の、どこからどう見ても胡散《うさん》臭い系譜とちがって超王道である。

娘にはできれば京都大学に進学し、ゴリラの研究に進んでもらいたい。そして娘が一人前の研究者になる頃には、私も六十を過ぎてハードな探検は引退しているだろうから、老後の楽しみとして娘についていきアフリカで一緒にサルを追いかける。これはいい、じつに楽しそうだ。絶対にゴリラの研究者にしよう、うひひ。そう思って、私は娘が赤ん坊の頃から、ことあるごとに上野動物園や多摩動物公園に連れて行き、ゴリラやチンパンジーやオランウータンを見せてきた。親しませてきた。興味を持たせるように仕向けてきた。仲間だと勘違いさせるよう努力した。つまり洗脳しようとしてきた。私も親から「大学はどこでもいいから東京の大学に行きなさい。若い頃は東京に出て、学業だけでなくいろんな見聞をしなさい。

北海道にもどるのはそのあとでいい」といわれつづけてきたため、物心ついた頃から、大きくなったら東京に行こう（そして北海道には絶対にもどるまい）と漠然と決意していた。そのような経験があったので、子供を洗脳するには念仏のように耳元でひたすら文言を唱えつづけることこそ肝要、との考えを持っていた。

それなのに、二〇一七年の秋のことだ。

いつものように何気なく洗脳教育の一環として、「お前、大人になったら何になるの？ゴリラの研究者になるんじゃないの」とさも当たり前であるかのように訊ねると、ペネロペは私のほうをむき、強い視線できっぱりとこう断言したのだ。

「ゴリラの研究者にはならない」

愕然とした。いったいなぜ……。

ペネロペ三歳十カ月。早くも自立の兆しが見えはじめていた。

＊

たしかにペネロペは変わった。突然変わった。三歳半になる頃ぐらいから急激に行動や嗜好を変化させた。自我が芽生えて、意志のようなものを示しはじめた。

それまで娘に自我や意志がなかったのかというと、ある程度の自意識はあったと思う。しかしその自意識は、私の見たところ、外の世界とかなり無関係に作動していた自意識であり、彼女の世界は彼女の身体の内部で独立して成立しているようだった。ペネロペは目の前の物事に対して素直に反応を示し、その反応にしたがって何のためらいもなく身体を動かし、あらゆる刺激に対して天真爛漫に動きまわっていた。

そのような何にでも好奇心をもって楽しそうに動きまわるペネロペの姿を見ていると、私には彼女が生まれた段階ですでに自立と自由を求めているようにしか見えなかった。

生誕直後の赤ん坊は自分の意志で身体を動かすことができない。自分の力で空間を移動できるようになるのは、最低でもハイハイをおぼえてからであり、それからしばらくしてから直立二足歩行を習得し、走る段階となり、成人とほぼ同じようにスムーズに動けるようになる。これができるようになるまで赤ん坊は行きたいところに行くことができず、その思うがままにならない発育不十分な身体に精神の自由は閉じこめられている。

ペネロペは生後まもなくの段階から、そう、たしか生後三カ月ぐらいから、明らかにこの不自由な身体拘束状態に不満をいだきはじめていた。もちろんまだ言葉を話すことはできないので、私たち夫妻は彼女から「動けないのがつらいんです」とはっきり聞かされたわけではない。彼女はただ泣くだけである。しかし親というのは、赤ん坊が泣いているときのシチュエーションだけで、泣いている理由をほぼ正しく推察することができる。これは親と子のテレパシーみたいなスピリチュアルな直感にもとづくものではなくて、ただ単に毎日うんざりするぐらい同じ場面に直面するため、局面ごとのパターンがビッグデータのように記憶に集積されていき、脳が勝手にデータ解析して自然とその理由がわかるということである。いってみれば犬の飼い主が仕草で犬の意志を理解できるのと同じ理屈によるわけだが、とにかく親は子供が泣く理由をかなり正確に認識できるのはまちがいなく、その親たる私が見たところ、ペネロペが泣くときは八割方、自由を求めて泣いていた。私の妻も同じ見解だったので、これはもう百パーセントまちがいない。

私たちの推察を裏付けるように、生後五カ月になりハイハイができるようになると、ペネロペは、ある程度自由意志にもとづき動けるようになり、身体をあやつれないストレスから解放され、泣くことが少なくなった。ペネロペは動けないことに対しては途轍もないストレスを感じる性格だったが、その一方でウンチの不快感に対しては抵抗力のある子供で、オムツのなかが糞まみれになっても平然としていたので、ハイハイをものにした時点で彼女はほとんど泣かない赤ちゃんになったのである。

ちなみに私は今、〈生後五カ月でハイハイをはじめた〉とさらりと書いたが、じつはこれはハイハイをはじめる月齢としては人間離れした早さである。ほとんど怪物といっていいだろう。これについても、なぜこのような記録的な早さでハイハイできるようになったかといえば、親たる私が見たところ、彼女が生来、自由意志にもとづき身体を動かせないという状態に人一倍耐えられない性格だったからである。〈思うがままに動きたい〉という自由への飽くなき欲求がバネとなり、彼女をして人間離れした月齢でハイハイせしめることとなった。だから直立二足歩行を開始したのも天才的に早く、十カ月目だった。その様子も、普通の赤ちゃんのようにつかまり立ちから倒れそうになりながらもなんとかバランスを保って最初の一歩を踏み出すといったたぐいのものではなく、いきなり壁から壁まですたすたと五メートルぐらい歩き、「ははは、歩くのって簡単ですね〜」と手を振って笑顔を見せかねない余裕があった。私はほかの親から「最初の一歩を踏み出したときは本当に感動しますよ」と何度か聞かされたものだが、ことペネロペに関してはそういう感動は皆無だった。彼女はいかにも余裕な感じでいきなり歩きはじめた。サバンナに下り立ちゆっくりと直立二足歩行をものにした人類史の反復はそこにはなく、〈個体発生は系統発生をくりかえす〉という生物学の有名な命題を、彼女は無視して成長した。自由への希求が強すぎたのである。

ひとたび歩けるようになってからは手がつけられなかった。一歳前後だというのに、どこでも勝手に歩きまわってどうしようもない。ラッシュ時間で混雑する駅の雑踏や、池袋西口の赤いネオンの光る怪しげな繁華街のなかを気のむくままに歩きまくる赤子ペネロペ。歩いているほうはいいだろうが、歩かれるほうはびっくりしただろう。人々が足早に家路につく混雑のなか、突然、足元で身長六十センチぐらいの、目のくりくりとしたかぐや姫のごとき見目麗しき赤ちゃんがケタケタ笑いながら飛びだしてくるのだ。街中だけではなく駅のホームや電車の車内でもじっとしていられず、吊り革を見るとぶら下がらずにはいられないという奇癖もあった（一歳の赤ん坊が笑顔で吊り革につかまり宙にぶら下がっている絵柄はかなり奇妙で、つねに乗客の注目の的だった）。私たちはそれが普通で感覚が麻痺しているので何とも思わないが、一歳児が駅のホームを走りまわる姿は、一般的にはかなり危険なことに見えるようで、「危ない！　大丈夫⁉　お母さんはどうしたの？」と知らないおばさんが勝手にペネロペを保護し、なんて無責任な親なんだろうと私たち夫婦のことを白眼視することも一度や二度ではなかった。

このようにペネロペは自由を希求する性格があまりに顕著だった。しかもその性格は、自分でいうのもなんだが、私とそっくりだった。私が毎年のように長期の冒険旅行に出かけるのは、日常では経験できない究極の自由を、死を感じられるほどの自由を味わいたいからである。自由気儘なところだけではない。わがままで人のいうことを聞かないところ、せっかちなところ、落ち着きのないところ、その一方で神経質で傷つきやすく内向的で人見知りなところ、集中力がなくすぐほかのことに目が行ってしまうところ、ボーッと考え事をして意識が現実から遊離し、油断すると目の焦点がズレてしまうところ、彼女の性格のほとんどが私と瓜二つなのである。

親子は二重螺旋でつながっている。赤ちゃんの時点で親と同じということは、このままの性格で成長して大人になって私と同じような人間になると考えるのが道理である。ということが想像されたため、彼女が生まれてから三歳半になるまで、私は、人間の性格というのはもう生まれた段階でDNA的に決定されており、ほとんど動かしようがないのだと考えていた。勝手気儘、自由奔放、落ち着きなく衝動のおもむくまま行動に移し、一度動きはじめると止まるということを知らない。この性格はもはや決定済みで、今後、教育や躾で変わるとは考えられない。〈三つ子の魂百まで〉というが、あの格言は完全に誤りで、人間は基本的に〈新生児の魂百まで〉なのである。もって生まれた鋳型そのまま大きくなるのである。教育や躾なんて意味がない。教育しなくても放っておけば私と同じような大人になるわけで、これは考えようによっては楽チンだ。いやー、よかった、よかった、肩の荷が少し下りた、うひひ、などと安心しきっていた。子供が育つ過程をナメくさりきっていた。

ところがその自由気儘な性格が三歳半頃をさかいに急に変わったのだ。

なぜ変わったのか。脳の内部でどのような変化が起きているのかわからないが、私の見たところ、おそらくこの頃からペネロペの内部ではっきりと外の世界が実体的に立ちあらわれてきたのではないかと思う。

それまでペネロペにとって外の世界は存在していないにひとしく、あるのは単なる客体的な風景にすぎなかった。ラッシュ時の池袋駅の人込みのなかをケラケラと愛くるしい笑い声をあげて天衣無縫に走りまわっていたあの一歳の冬、彼女の目に足早に歩く大人たちの脚は映ってはいたが、その無数の脚は自分と切実に関わりがあるものとしては認識されていなかった。関わりあるものとして認識されていないため、無数の脚はただ通りすぎゆく景色、ただの絵図でしかなく、脚が怖いとか脚が邪魔だとかいった切実な感情を彼女に呼び起こさない。だから時々、脚にぶつかって転んだときも、なぜ自分が転んだのかわからない様子で、ただ困惑し、茫然としていた。同様に周囲の車も塀も信号機も道路も机も家々も、すべて見えているが、自分と直接関係する物体として意味化されておらず、彼女の意識のなかでは実体的に把握されていなかった。つまり周囲に配置された無数の物体、瞬間ごとの事象と彼女とのあいだには大きなへだたりがあるのだった。意味化されて実体のあるモノとして立ち現れてきているのはアンパンマンのみである。

人間は切実な関係で結ばれた他者や物体に周囲を取りかこまれ、あるいは放りこまれ、それらとの関わりのなかで判断し、意志し、行動しており、そういう網の目状に広がった有機的関連のなかで生きている。こうした有機的関連性が各人固有の世界というものをつくり上げており、われわれはその世界から逃れられないのだが、一、二歳時のペネロペにはこのような意味での世界はまだ形成されておらず、ペネロペと、彼女が現実に見ている外部世界のあいだには断絶があった。しかし歳月とともに自我が強固になっていくにつれ、ペネロペの意識の内部では外の環境が実体化し、血肉化されはじめた。やがてそれはじわじわと確かな、手応えのあるものとなっていき、三歳半頃になったとき、それは彼女にとって他人事ではない、決定的な影響をおよぼす存在として、目の前で現象しはじめたのである。

その結果、どうなったかというと、ペネロペはいろんなことを怖がり、拒むようになった。また面倒なことを避けるようにもなった。

＊

世界という現実は主観のなかに現れる。ペネロペのなかで世界の世界性はとりわけ〈登る〉という行為において明瞭となったように思われる。〈登る〉という行為において、ペネロペは三歳半になるまでその天才性をいかんなく発揮していた。そして、その天才性は、二歳から三歳時に住んでいた市ヶ谷の駅近くにある東郷元帥記念公園において如実であった。

東郷公園には高さ五メートルほどのうねうねと旋回して下る、あたかも出生時の産道通過を追体験させることを目的としたかのようなチューブ状の滑り台があり、それを滑るには二段に分かれた傾斜七十度ほどのクライミングボードを登らなければならない。このボードは通常、小学校低学年程度の児童が登ることを想定して設計されている。まあ、実際には幼稚園児ぐらいの子供もがんがん登っているのだが、このクライミングボードをペネロペは二歳の頃から平気で登っていた。もちろんクライミングにはバランス感覚が重要だ。私なんかはこれが障害となり結局クライミングは上達しなかったが、ペネロペは生来この感覚にすぐれているようで、ホールドに足を置く角度、登るときの腰の位置、身体全体の体勢などに天賦の才能を思わせる安定感があった。二歳児のくせに小学生向けのクライミングボードを何度も登るペネロペを見て、ほかの親は驚愕、茫然とし、目玉の飛びだす者が続出、私の姉などは「すごい！　二歳児だよ！　絶対オリンピックをめざしたほうが良いよ！」とつばを飛ばして過剰反応を示すほどだった。

オリンピックはともかく、たしかにこのままいけばカトリーヌ・デスティベルのような天才美人系アルパインクライマーになるのではないかと、私も期待した。そして将来、娘が本当に天才クライマーになったら、私の力では登れないヒマラヤのちょっとした難しい壁に連れて行ってもらおうなどと都合のいいことを夢想した。

ところが三歳半になった頃、ペネロペはこのボードを登れなくなった。本来これはおかしな話で、二歳より三歳半のほうが手足が長くなってそれまで届かなかったホールドに手足をかけられるようになるし、筋力も発達するので、より登れるようになるはずである。でも現実として登れなくなったのだ。

なぜ登れなくなったか。その理由は明白だった。彼女は登ることが怖くなったのである。想像力が働くようになり、ホールドから足が滑って墜落し、足を骨折、下手したら頭がかち割れて死亡、という事態がリアルに思い浮かぶようになってしまったのだ。

このことは高さ五メートルほどのクライミングボードが、彼女の内部で意味化され世界化されたことのあらわれだ。意識の内部で事物とへだたりがあり、外界が実体化されていなかったそれまでの彼女にとって、このボードは単なる通りすぎゆく無意味な風景の一部であり、手足をひっかけるのがやや難しい階段程度のものとしてしか認識されていなかった。いいかえれば、クライミングボードが本来的に持つ〈高くて怖い場所である〉という本質は、彼女には知覚されておらず、ペネロペはボードの本来的ボード性とは無縁の位置で、おのれの身体だけで独立して動けていた。だから生来の天才的なバランス感覚の命じるまま、その身体能力だけにしたがって登ることができていた。ところが歳月をへて次第に外界が実体的になってくると、このクライミングボードが持つ〈高くて怖い場所である〉という本質は、彼女の内部でリアルなものとなり、自分と切実な関わりを持つ存在として機能するようになった。その途端、その外界の本来的外界性に取りこまれてしまい、〈高くて怖い場所である〉ボードの本性に決定的影響力をおよぼされ、手足が縮こまって登れなくなってしまったのだ。

こうなるともう全然登れない。「怖いよ〜」と情けない声をあげて、身体をべったりとボードにくっつけて、バランスを崩して落ちそうになってしまう。あんなに足のかけ方とか腰ののばし方とかが上手だったのに、緊張で踵《かかと》があがり腰も突っ張ってしまっているのである。

同じようなことが、この時期に立てつづけに起きた。あんなに疲れることなく自由奔放に歩きまわっていた子供が、突然大人しくなり、電車に乗っても車内を走りまわらず椅子に座って風景を眺めるようになった。これは、他人に迷惑をかけないという点では大変助かるのだが、元気がなくなったようにも見えるので少し残念なことである。街中を歩いていても、すぐにおんぶを要求するし、何より残念だったのは山登りに連れて行ったときに「疲れるから嫌だ」と拒否されたことだ。以前は山に連れて行っても自分から積極的に歩いていた。もちろん疲れたときは背負子《しょいこ》に乗せるが、どちらかといえば背負子に乗るよりも自分で登りたがることが多く、三歳の春には奥多摩三頭山《みとうさん》の標高差五百メートル以上あるハイキングコースを上まで自分で登り切ったほどである。それが全然登りたがらなくなった。あれほど自由奔放、天真爛漫で将来はカトリーヌ・デスティベルのようになるのではないかと期待というか心配していたのに、突然、覇気に欠けた子供になってしまったように見えて、私は正直ショックを受けた。

自我が形成され、外界が世界として実体的に立ちあがってきた結果、彼女はその世界に対する情動的反応として〈怖い〉とか〈登りたくない〉という明確な反応を示すようになった。「ゴリラの研究者にはならない」という発言も、たぶん同じような理由があるのだろう。

でも、考えてみたら子供が親の期待通りに成長しないことは当たり前である。

子供は親にとって、ままならぬ存在である。むしろ親の期待通りに、どこまでも素直で従順に育つ子供のほうが不健全であろう。自分の一生をふりかえってもそのことは明白だ。ひねくれ者だった私は、小さい頃から大人になるまで、ずっと親の期待に応えたくないという一心で将来のことを考えていた。まったくこんな子供ができたらたまったものではないが、そのひねくれ者な性格である私の子供がペネロペであるのだから、彼女も二重螺旋的に私の性格を受け継いでいるはずで、私の期待通りの大人になるわけがなく、早晩、「ゴリラの研究者にはならない」と宣言するのは時間の問題だった。これからペネロペは私が期待する道とは異なる道を歩みはじめる。様々なことを拒否しはじめた三歳半期のこれら一連の出来事は、子供が意志をもって独自の道を歩みはじめるその前触れであり、親である私にとっては

〈ままならぬ存在としての子供〉という現実を知る最初の関門、覚悟を迫る試練だったのかもしれない。

とはいえ、それがわかっていても親には子供にイメージ通り育ってもらいたいという罪深き衝動がぬぐいがたくあり、それを欲してしまう。

「ゴリラの研究者にはならない」といわれたとき、私は反射的に訊き返した。

「ゴリラが嫌いなら、何の動物が好きなんだよ」

「あおちゃんはね、ゾウとウサギが好きなの」

その答えを聞いたとき、私はゾウならいいかもしれないと思った。

むしろゴリラよりゾウのほうがいいかもしれない。ゾウもアフリカにいる動物なので、自分が探検活動の一線から身を引いたあとに娘と一緒にアフリカに行くという夢もかなえられるし、何よりゾウは研究対象としてまだかなり未知の動物らしい。巨大な脳容積を誇るゾウが高度な認知機能を有していることはまちがいないところであるが、そのメカニズムはまだあまりわかっていないのだ。霊長類の社会的認知機能研究で知られるフランス・ドゥ・ヴァールは『動物の賢さがわかるほど人間は賢いのか』のなかで〈ゾウは害を及ぼしかねない相手を高度な識別法で区別し、人間については言語、年齢、性別に基づいた分類までやってのける。どうやってそれをおこなうのかは完全に解明されていない〉と記し、ゾウの認知機能を〈地上屈指の謎めいた頭脳〉とまでいいきっている。ゾウは格別に面白そうな動物なのである。

それ以来、私はペネロペを洗脳しようと、ことあるごとにゾウの研究者になれ、ゾウの研究者になれと耳元で唱えるようになった。時々ペネロペが「ウサギの研究者がいい」といっても、「ウサギなんかダメだ。ウサギは食うもんで研究するもんじゃない」と却下。ダメな父親のままである。

親たちがわが子を特別だと信じる理由

三歳半になった途端、自我が芽生え、突如それまでの天真爛漫さを失ったかのようにいろいろなことを面倒くさがり、拒否するようになったわが子ペネロペ——。

私も一人の父親として、ほかのあらゆる父親と同様、自分の子供は明らかに天才であり、美人であり、このうえもなく豊かな精神性をもった十年に一人の逸材だと信じこんでいただけに、そのような娘の突然の変化を見るにつけ、落胆し、悲嘆にくれた。山登りに出かけたのはいいが、山にいたる前の急な坂道で「あおちゃん、行かない」と音を上げたその姿を見たとき、私は、もしかしたらこの子は天才でも十年に一人の逸材でも何でもなくて、まったくの凡人、凡百の徒なのではないかと現実を見せつけられた気がしてガックリしたのである。

もちろんわが子が十年に一人ではなく百人に一人ぐらいのレベルの人間であろうと、かわいいものはかわいいし、確実に美人ではある。ウンチだってまだ愛おしい。ウンチを拭いてあげるときも臭いと思わないし、柔らかくて甘そうにすら思え、茶色くごつごつとした私の糞と比べて、同じ排泄物なのになぜかくも異なる性質の物体に見えるのか、と不思議になるほどである。

私は娘に他人に抜きんでた人間になってほしいとは思わないし、ノーベル文学賞とかオリンピックで金メダルとかを望んでいるわけではない。でもノーベル賞は無理でも、やはり自分も物書きとして生きている以上、本能的に、二重螺旋的に、娘にも文筆で身を立ててもらえたら嬉しいなと思うこともあり、それにそなえて一応、毎晩絵本を読み聞かせし、これをつづけることで芥川賞を取ってくれたらいいな、芥川賞作家ならゾウの研究者よりいいかもしれんといった小さな夢を見る。しかし、まあ、その程度である。

要するにナンバーワンではなくオンリーワンをめざしてほしい。そういう殊勝な気持ちで娘の成長を見届けたいと心がけてはいるのだが、やはりこの前まで天才だ、十年に一人だと夢を見ていただけに、どうもそうではないとわかったときは、深夜に独り、コップ酒を呷《あお》りたい気持ちに沈むのである。

ところが、前章でそのような趣旨の原稿を書いてまだ舌の根の乾いていない頃、ちょうど彼女が四歳になる前後に、ペネロペはまた態度をぐいーんと百八十度旋回させて、以前の元気一杯、天真爛漫な姿を取りもどしたのだった。

もうこうなると何が何だかよくわからない。世界が立ちあがってきたとか、自我が形成されたとか、これまでに書いたことは完全に私の思いちがいで、子供の性格はそんなに急には変化しないものなのかもしれない。子供の成長は千変万化、まったく不可解也である。ひとまず私はここに宣言しておきたいと思う。前章の原稿は基本的に誤りでした。ペネロペは面倒くさがり屋にもダメなヤツにもなってません。内容を訂正し、お詫び申しあげますと。

ただ、ペネロペが三歳半頃の一時期、少し元気がなくて持ち前の剽軽さ、爛漫さを減退させていたことはまちがいなかったと思う。なぜそんなことが起きたのか。今思い返すとその理由はとても単純なことだったのかもしれない。

二〇一七年九月末に私たち家族はそれまでの都心部・市谷から鎌倉の極楽寺という地区に引っ越した。極楽寺は通称〈鎌倉のチベット〉とも呼ばれ、里山の尾根が入り組み、その合間の谷沿いに強引に住宅地を切り拓いたような山間の場所である。とりわけ私の家は急坂を登った谷のどん突きにあり、家のすぐ裏、ほんの一メートルほど先から藪斜面となっている。自然度はわりと濃密で、森にはリスやアライグマや狸や蝮《まむし》が跋扈《ばっこ》し、夏ともなると夥しい数の蜂や百足《むかで》が家を取りかこみ、周囲には上越の沢で漂ってくるような湿って半分腐ったような土の臭いが充満している。それまでの自然度ゼロだった市谷とは百八十度異なる環境の地に、私たちは引っ越してきた。

当然、娘の通う幼稚園も変わった。それまで娘が通っていたのは千代田区の番町幼稚園という公立の幼稚園だった。公立なので、たまたま私たちが住んでいた集合住宅のあったのがその地区だったというだけの話なのだが、じつはこの番町幼稚園というのは昔からの由緒正しき超名門幼稚園とされており、番町幼稚園→番町小学校→麹町中学校→日比谷高校→東大→大蔵省（現財務省）というのが日本のエスタブリッシュメントがたどるべき真のエリートコースとされる、そういう幼稚園だった。その証拠に幼稚園の近所の豪邸にはロールス・ロイスが止まり、給油所では各種高級外車がハイオクガソリンを満タンにし、妻によるとお母さんたちはほぼ全員エルメスのバッグを所持しているとのことだった。

それが鎌倉に来ると、今度は長谷幼稚園という、これまでとは全然環境の異なる幼稚園に通いはじめた。この幼稚園は自由保育を信条とすることで幼稚園業界ではわりと名が知れているらしく、子供たちは皆、鼻水を垂らしながら泥遊びに興じ、裏山で尻滑りをし、トンカチで釘を打ち付けては何やら得体の知れない構造物を建造している。妻によると、お母さんたちの態度も、他人のプライバシーには絶対に入りこもうとしなかった番町幼稚園とは正反対で、旦那さんの仕事は何ですか、どうして結婚したんですかとフレンドリーにがんがん踏みこんでくる。妻の里子は、私が探検家という肩書で活動していることを恥ずかしく思っており、それまで友人には私の仕事を「ノンフィクション作家」とだけ伝え、何を書いているかは絶対に明かさないことを信条としていたのだが、どうしたことか長谷幼稚園では一瞬で私の素性はバレてしまい、何だか変な冒険家だか探検家が来たらしいぞ、と瞬く間に広まってしまったのである。

考えてみると、このように生活環境が一変したのだから、多感な三歳の子供が戸惑うのも無理からぬ話だった。引っ越してきた当時、ペネロペはよく寝室に引きこもり、一人でぶつぶつと経文のような文言をつぶやいたり、独自に振りつけした奇天烈な踊りをしたりして、ゲラゲラ笑い、空想の世界にひたっていたが、そうした行動も市谷時代には見られなかったものだった。生活の場が変わったことで突発的に化学反応を起こしたのかもしれない。

長谷幼稚園に通いはじめた当初も幼稚園に行きたくないと駄々をこね、降園時間が来ても、ほかの子はその後一、二時間は園庭で走りまわっているにもかかわらず、すぐに「家に帰りたい」といってそそくさと園をあとにしていた。長谷幼稚園では〈はせの世界〉という園児が作った構造物を親に見てもらって一緒に遊ぶという、何とも奇異としかいいようがない発表会があるのだが、その催しでも隅で小さくなって遊びにくわわらなかった。そんな様子を見ていると、どうしてうちの子だけこんなに元気がないのかと心配でならなかった。

ところが一カ月、二カ月たつうちに親しい友達もできてきて、普段の生活でも自然と元気が出るようになってきた。やがて年上の男友達を投げ飛ばしたり、ちょっと気に入った男の子を追いかけまわしたりするようになり、四歳になった頃から顔の表情も以前とは比べ物にならないぐらい急速に豊かになった。声も大きくなり、動きも激しくなっていき、家のなかでも〈筋肉踊り〉や〈愛してるよゴッコ〉など新たな遊びを開発し、持ち前の剽軽さを取りもどした。ちなみに〈筋肉踊り〉というのは、こちらが「キンニク、キンニクー、キンニク、キンニクー」と囃《はや》し立ててあげると、それにあわせて変顔しながら腕をむきむきさせてひたすら踊りつづけるという、娘の爆笑物の十八番である。また〈愛してるよゴッコ〉は二人で抱きあい、見つめあいながら「愛してるよー」「もう一回！」「愛してるよー」「もう一回！」とひたすら連呼しあうというもので、いずれも勢いだけで笑ってその場を乗り切るという単純素朴な力業だ。だが、このような〝勢いが命〟系の遊びをするようになったのも、私には環境の変化に慣れた証に見えた。

生活に慣れるにともない、引っ越してきた当初は嫌がっていた裏山探検にも自分から行きたいといい出すようになった。わが家の裏山の最下段は高さ三メートル、傾斜七十度の大人でも登れない露岩の急崖になっており、山仕事用に上からロープを垂らしている。ペネロペは、落ちたら確実に大けがは免れないその危険斜面を、ロープをつかんでぐいぐい登っていく。私が斜面の藪の刈り取りをしていると、「あおちゃんも行く〜」といって、一人で登ろうとするので危なくて仕方がない。「やめろ、来るな！」と叫んでも無視して登ろうとするので、上からロープを引き上げ、彼女が登れないようにしなければならないほどだ。

また、引っ越し直後はなかなか仲良くなれなかった向かいの家の一歳上の女の子とも親しくなった。はじめて一緒に遊んだ日は、友達になれたことがよほど嬉しかったのか、家のなかに連れこみ、奇矯な大声をあげて変顔して踊りまくり、明らかにおままごとをしたがっている相手の気持ちにはまったく配慮せず、秘蔵の恐竜図鑑や鳥類図鑑を見せては自慢しまくるという、こっちが「こいつ大丈夫か？」と心配になるような行動をとった。そのあとは毎日のように幼稚園が終わると二人で家の前で自転車を乗りまわし、最近では一人で勝手に向かいの家のピンポンを押して遊びに誘うという四歳児とは思えぬ積極的な行動を見せるようにもなったのである。

完全復活。ペネロペの変化を見て、私はこの四字熟語が頭に浮かぶのを抑えることができなかった。

ペネロペの積極性は私の主観でそう感じられるだけではなく、客観的に見ても明らかなようだった。わが家の隣は子供たち相手に野外教育をしているおじさんの家なのだが、無数の子供たちを観察してきたであろうそのおじさんは、私と世間話をするたびに「本当にあおちゃんは活動的だし、好奇心が強いねぇ」と感嘆を漏らす。ペネロペがこの人にどのような挙動、言動をしているのかは、よく知らない。私が一緒にいるときは特段、何かを質問しているようには見えないし、話しかけられてももじもじしているだけなので、強いていえば彼女が生来持っているオーラ、金色の後光のようなものが、隣の野外教育家をして活動的だと感嘆せしめる力になっているのだろう、と考えざるをえない。とにかく彼は私と会うたびに「いやー元気だし、慣れるのも早いねぇ。このぐらいの年齢の子が引っ越してきたら家に閉じこもっちゃうことも多いけど、すぐに遊びはじめたもんねぇ」と驚くのである。

こういう話を聞くたびに私はどうしても思ってしまうのだ。やはりこの子は持っている、選ばれし子、天才なのではないかと……。

＊

それにしても自分の子供は特別であり、天才だと思うのは親の宿命なのだろうか。

もちろん、私はほぼすべての親が自分の子供は特別で天才だと勘違いしている事実を認識している。したがって、私も親であるかぎり、その勘違い野郎の一人である可能性が極めて高いことも理解しているつもりだ。でもたとえそのことを理解していたとしても、ペネロペを見ていると、自分にかぎっては〈わが子は特別〉との認識は、どこからどう見ても妥当だし、客観的に見て真であると断言することにやぶさかではないと思えてくる。こういうのを普通は親バカというのだろうが、私の場合は親バカではなくて、わが子に対しての正当かつ公平な評価であると感じざるをえない。

自分の持っているものが他人より明らかにどこか秀でているとき、人はそれを自慢したいと願うものだ。高級外車に乗っている者はそれを見せびらかしたいし、中古のプレミアムレコードの所有者はその価値に驚いてもらいたいと思う。レコードのような趣味性の高い世界だと、その世界の住人でなければ本当の価値を理解することはできないし、関心を持てない場合も多いが、それでも所有者はなんとか言葉を駆使して自分のプレミアム盤がいかに素晴らしいか理解してもらおうとする。そういえば先日、水中写真家の中村征夫さんと公開トークショーをした折、四十年前に極夜の北極で撮影した際につかったという、キヤノンの古い一眼レフカメラを見せてくれた。おそらく中村さんは、そのシンプルなカメラを駆使して極限環境で撮影したことに驚嘆し、かつ共感してもらおうという狙いで持ってきたのだろうが、基本的にカメラに無知な私は、彼のキヤノンに適切な反応を示すことができず、「へえ、すごいですねぇ」というつまらないことこのうえない感想を述べただけで、すぐに返してしまった。中村さんも落胆しただろうな、と私も心苦しかったが、カメラの価値を理解できないので彼の感動に共振できなかったのである。

こうした独りよがりな自慢願望が極限のかたちであらわれるのが、子供である。

自分に子供がいなかった頃、私には年賀状に子供の写真を載せて送ってくる人の気が知れなかった。正直、他人の子供の写真を見ても何も感じないし、かわいいなんて思ったこともない。いったいこの人は自分の幸せを他人にアピールして何をしたいのだろう、頭がおかしいんじゃないか、とさえ思っていた。ところが子供ができた途端、やはり年賀状に子供の写真を載せてしまう自分がいる。

いったいこれは何なのか？

実際に自分でそれをやることで、私は、なぜ皆、年賀状に子供の顔を載せるのか理解できた。あれは自分の幸せをアピールしたいからやるのではなくて、自分の子供がいかにかわいいかをアピールしたいがためにやっているのだ。年賀状をもらった側が「角幡君のところの子供は本当にかわいいねぇ」とつぶやくことを私は想定し、うひひとほくそ笑んでいる。他人の年賀状を見ても全然かわいいと思わず、ほぼスルーなくせに、自分の子供だけはかわいいと感嘆するにちがいないと確信しているわけだ。そして同じことを私だけでなく皆、確信しているのだろう。だからそろいもそろって皆、年賀状に子供の写真を載せるのである。

だから、自分が期待したほどの反応を他人が見せないとき、私はとても傷ついてしまう。

大学時代の友人と毎年開催しているお花見にペネロペを連れて行ったことがある。三歳になって四カ月ほど経ったときのことだ。私としては友人たちがペネロペを見た瞬間に「うあああ！　かわいい子だなあっ！」と大声で驚愕し、がくがくと震え、泡を吹き卒倒。やんややんやの大喝采が巻き起こり、ブラボーが連呼され、周囲の席からも「おいおい、なんかスーパーチャイルドがいるらしいぞ」とざわざわとしたどよめきが漏れる、みたいな事態を想定していた。そのためにわざと開始時間から一時間以上遅れて、すっかり場が盛りあがっている頃合いをあえて見計らって乗りこんだほどだった。

ところが実際に到着すると、周囲はほとんど無反応だった。唯一、公園入口まで迎えに来てくれたOが「お、かわいい子だなぁ」と至極当然のコメントを述べた以外は、誰一人としてペネロペの見目容貌やその愛くるしい挙措について感想を述べず、「角幡、最近何してるの？」「北極どうだった？」みたいな下らない質問しかしてこない。

私は非常にもどかしかった。オレのことなどどうでもいいから、娘のことを聞いてほしい。「芸能事務所には所属してるの？」とか「Eテレから出演オファーはきたの？」とか、もっとほかにいろいろと本質的な質問があるだろ、お前らどこ見てんだ、視力は大丈夫か、コンタクトつけたほうがいいんじゃないか、とそう思っていた。

そのあとも友人たちからは全然ペネロペに対しての感想が漏れなかったので、私はずっと歯がゆいままだった。なぜ、誰一人としてペネロペのことを話題にしないのか。こんなかわいい子が目の前にいるのだから、こいつらが人間であり情動を持ちあわせている以上、何らかの心的反応はあるはずだ。だが現実として誰も何も反応しない。ということはこいつらは人間ではなく、機械人間、あるいはＡＩか？　やはり超ド近眼でペネロペの顔が見えていないのかもしれん。いや、そんなバカな……。

現実的な理由として考えられるのは、彼らが照れ臭がっていることぐらいだった。大学時代からのゲスな私のすべてを知悉《ちしつ》している彼らは、そのゲスなはずの私が玉姫のような見目麗しき娘を連れてきたものだから、逆に狼狽し、率直におのれの心情を述べることができないでいるのだろう。まったくいつまでたっても幼稚な連中で困ったものである。かわいいものは素直にかわいいといえばいいだけの話なのに。

それにしても、ペネロペの場合は明らかに客観的かつ公平な基準で見てかわいいので例外なのだが、そのほかの子供の親が〈私の子供はほかの子よりもかわいい〉とか〈抜きんでて特別だ〉とか勘違いできるのは、どうしたわけだろう。これは私にとってもいまだに謎である。何が彼らをしてそうせしめているのか。親たちは子供がいない人にも平然と子供の話をするし、そのうえ相手も自分の子供の話を喜んでくれていると、完璧に思いちがいしているのであろうが、どうしてこんな傲慢な思いちがいを平気でできるのだろう。

おそらく〈わが子は特別〉と勘違いできないと、育児放棄とか虐待とかする親が後を絶たず、生物学的に遺伝子を後世にのこすことができないので、脳内でオキシトシンとかなんとかリンとかいろいろなホルモン物質が分泌されて強制的に勘違いさせられるような身体システムになっているのだろう。それぐらいしか理由は思いつかない。
勘違い。それは愛情の第一歩なのかもしれない。

オレが極夜？

二〇一八年六月九日に四度目となるグリーンランド北部の旅を終えて日本に帰国した。今回の旅は三月二十四日に出発したので不在にした期間は三カ月半ほどだった。

ペネロペが生まれてから毎年のように私はグリーンランドで探検活動をつづけているが、成長するにともない、私を出迎える際の娘の態度が帰国のたびに変化する。

最初の旅は娘が生まれた直後の二〇一四年一月から四月だった。当然のことながら新生児であるペネロペは三カ月ぶりに父親の顔を見ても、言葉も話せないし、父親という概念も理解していないし、外の環境世界をどこまで知覚、認識できているのかも不明だった。というか、それ以前にペネロペがそんな状態だから私のほうも彼女が私の顔を見てどんな反応だったのか、それとも完全に無反応だったのか、今となっては正直ほとんどおぼえていない。

だが二度目となった二〇一五年の旅はちがった。このときは不在期間が三月から十月と七カ月にもなり、村にいるあいだにスカイプで映像を見ながら娘と会話する機会も多かったし、帰国したとき向こうは二歳近くになっており、久しぶりにオトウチャンが帰ってくるということをはっきり理解してもいた。私のほうも一歳半から二歳にかけてのかわいさの絶頂期にある娘との七カ月ぶりの再会をおぼえていないわけがない。成田空港の到着ロビーに出て、周辺の群がる出迎えの人々の脚の隙間からペネロペが戸惑いつつ小さな身体をあらわしたのを見て、私は満面の笑みを浮かべて両手を広げた。ペネロペは、わずかにはにかみながら穏やかに喜びを表現し、いくらか身体を前に傾け小走りで駆け出して私の両腕にしかとおさまったのだった。

三度目の帰国は二〇一七年三月、長年の目標だった極夜の探検を終えたときだが、このときもペネロペは前回同様、元気よく私の両腕のなかに駆けこみ、われわれはがっしりと抱きあった。娘の心情面での成長は顕著で、私が帰国してから数日間(まあ、わずか数日間だったといえば、それまでだが)、彼女はまるで恋人と再会したかのように私から一時たりとも離れず、私が知人との飲みやランニングで外出しようとすると腕にまとわりつき、行かないでと泣きわめいて、愛を告白するかのような内容の手紙をクレヨンでしたためたのである。

そして四度目となる今回の帰国、四歳を過ぎて心身ともにさらに成長したわが子は、これまでとはさらに一段異なる反応を見せた。妻と一緒に到着ロビーに現れると、過去二回のように駆け出してくることもなく、「恥ずかしいよ〜」とはにかんではもじもじと妻の脚に絡みつくばかりで、私に抱きつこうともしない。「おーあお、元気だったかあ」と声をかけても私の顔を直視せず、抱きあげても顔をそらすばかりである。

二月に出発したときは、セキュリティゲートにむかう私に、周囲の目をはばかることなく投げキッスを連発してゲラゲラ笑っていたのに、そのときの愛嬌のある姿とは雲泥の差だ。どうやら三カ月半の別離のあいだに、彼女のなかでは私に対して距離が生まれ、生来の内気さが顔をのぞかせたらしい。父娘のあいだで実現していた二重螺旋的一体感にひびが入り、われわれのあいだには他人性の萌芽とでもいいたくなるような亀裂が生じてしまっていた。たかだか三カ月半で距離ができてしまう現実。来年の探検活動はさらに期間をのばして五カ月ほど不在にしようとひそかに目論んでいただけに、この距離がもっと大きくなるのかと思うと、やや切なくなったのである。

しかしそこは親子。再会して五分もすると、ペネロペは久方ぶりの父親の存在に慣れたようで激しく抱っこをせがみ、さらに私の頬や唇にキッスの雨を降らせた。帰宅してからも私から片時も離れようとせず、がむしゃらに抱きつき、ある種の蔓《つる》植物のように身体ごと巻きついて、「ねえ、オトウチャン、もう二度といなくならないでね♡」と甘え声を出し、凍傷と日焼けで原始人のようになった私の汚い顔に、恋人のことを見つめるかのような潤んだ眼差しをむける。かと思えば腕をからませて私を外に連れ出し、ボール遊びを要望、当然のことなからウンチの拭き取り役にも妻ではなく私を指名し、寝るときにいたっては「オトウチャン、愛しているよ♡」と丁寧に感情をこめた口ぶりでつぶやき、頬にチュッと優しくキッスをするという、奥ゆかしくも過激な愛情を示すのだった。

こんな漫画みたいな、ときめきメモリアル系のキスのされ方は、妻もふくめ、過去につきあったどんな女にもされたことはない。私は娘の態度に大きな満足感をおぼえ、かつ自信を深め、そして、よし、これなら大丈夫だ、来年はやっぱり予定通り五カ月でいこうとふたたび決意をかためた。

ペネロペの態度の変化は帰国時だけのことではなく、妻によれば私が不在のあいだにも、これまでにはない言動を見せたらしい。それは私が出発して一カ月ほど経ったある日のことだ。妻が私のインタビュー動画が配信されたサイトをスマホで見ていると、横にいたペネロペが、画面のなかで動く私の姿を見て、突然、涙を流しはじめたという。

「どうしたの？」

「オトウチャン、いつ帰ってくるの」と鼻をすすって声を絞り出すペネロペ。「だって全然帰ってこないよ。さみしいよ。会いたいよ」そういって、しばらく泣きつづけたという。

父の不在を悲しみ泣く娘。よく考えれば、それはどこの親子にも見られる普遍的な出来事であるのだろう。しかしペネロペに関していえば、これはまったく普通なことではなかった。

これまで私も、父親として小さな娘を持つ何人かの知人から、子供は三歳か四歳になると情動および認知機能が発達し、長期にわたって親と離れるときはそのことを明確に理解できるため、けっこう泣くよ、などと聞かされたことがあった。ところが、ペネロペは人との別離に際してはどこか恬淡《てんたん》としたところがあり、生まれてこのかた誰かとお別れするときに悲しいそぶりを見せたことはない。

たとえば一般的な幼児なら、夏休みに実家に帰省したときに同年代のいとこがいて、一週間ぐらい一緒に遊んで親密になれば、別れたあとに寂しくなってわんわん夜泣きするということが普通にあると思う。しかしペネロペにはそういうことがなかった。いくら仲良くなっても、別れてしまえばもうすっかり気にもならないといわんばかりに、ケロッとしている。大好きなバアバ（妻の母）に対してさえ、一緒のときはずっと甘えっぱなしでくっついているくせに、いざお別れのときになると「じゃあね。あおちゃん、もう家に帰るから。ばいばい」と素っ気ないことこのうえない。思い出を瞬時に洗い流すことができる特殊能力の持ち主みたいなそのつれない態度は、一緒にいるときの言動との落差があまりに大きく、いったい今までの甘えっぷりは何だったのかと妻やバアバを混乱させるほどなのである。

バアバでさえそうなのだから、私との別離の場面など、哀切の表明どころか、ほとんどこれまで培ったギャグの手腕の見せ所にすぎない。今回の出発のときだって、渾身の投げキッスを連発しては、それがことのほか面白いらしくゲラゲラと爆笑しつづけ、ガラス窓越しに最後のお別れができるエスカレーターホールでも、「北極、気をつけるんだよー！」とじつに晴れやかな笑顔で手を振るばかりだった。

そんなふうに、いつもは素っ気ないペネロペなのだが、しかし動画を見たことで急に私のことを思い出し、さめざめと涙を流したというのである。

しかも、これまでとちがう反応を見せたのはそれだけではなかった。それとは別の日に、ペネロペは突然、自分は一生、結婚しないと生涯の方針めいたことを一方的に妻に宣告したというのである。

「どうして？」と理由を訊くと、ペネロペはこう話したという。

「結婚したらオカアチャンと離れ離れになるんでしょ。オカアチャンと別れたくないよ。結婚したくない」

妻がこの話をあかしたのは、帰国して六日ほどが経った昼飯時、ペネロペが幼稚園に行って留守にしているときだった。

「あおはあおなりに、父親がいなくなることに何か感じているのかもね」

豚肉と卵とニラの炒め物を食べながらそんな感想を漏らす妻の話を聞き、私もまた、なるほど、そういうことはあるのかもしれないと心ひそかに同意した。

これまで人との別離を悲しむことがなかった、悲しむそぶりすら見せることのなかったわが子ペネロペ。それが急に父の不在を嘆き、母との別れを拒むようになった背後には、もしかしたら私がしょっちゅう北極探検や登山で長期にわたって家を留守にすることへの不安が理由としてあるのかもしれない。

普段は優しく頼りがいのある父だ（と私は固く信じているのだ）が、しかしこの人は山だの北極だの自分の都合でしょっちゅう私のことを放り出して、しばらくぷいっといなくなる。ひとたびいなくなれば、いつ帰ってくるかもわからない。もしかしたら帰ってこないかもしれない。ひょっとしたらこの人は私より山や北極のほうが大事だと思っているんじゃないの？　本心では帰らなくてもいいとか思っているんじゃないの？　私はあなたの子供で、あなたの勝手な都合で私は生まれた。子供は親を選べない。いってみれば、あなたの好き勝手な行動の結果、私は生まれてきたわけで、その意味では私は誕生以前からあなたに振りまわされてきた。それなのに、生まれてからも私はあなたに相変わらず振りまわされている。いったい何なの？　何様なの？　オトウチャンだけではない。もしかしたらオカアチャンもオトウチャンと本性は同じで、私のことをそのうち見捨てるつもりなんじゃないの――。

私が頻繁に家を空けることで、彼女の心はこのように千々に乱れ、無意識の層にある種の心的外傷が刻まれてしまったのかもしれない。そう考えると、帰国直後の、恋人と再会したかのような、あの激しい愛情表現も、オトウチャン大好き、うーん、チュッチュ♡　などというお目出度い感情の発露ではなく、とりあえずは自分が見捨てられていなかったことに対する安堵感と、しかしこれからいつ何時、見捨てられるかわかったものではないという潜在的不安とが顔をのぞかせた結果だったのではないか。

とすれば、私が頻繁に家を離れることで、ペネロペは、私が極夜の闇のなかを彷徨していたときに感じていたような不安にさらされているということではないだろうか。

極夜を探検したときに私が感じたのは、将来の見通しがまったく立たないことで、おのれの存立基盤が揺るがされているという薄気味の悪い遊離感だった。

闇のなかは真っ暗で、視覚的にこの先がどうなっているのかわからない。風景が見えないと、この先に山があるのか、それとも海があるのかもわからず、先に何があるかわからないと、明日や明後日といった近々の具体的な計画も定まらない。風景が見えていると明日はこの目の前の沢を登ってあの山に登ろうなどと具体的計画が定まり、その結果、その具体的計画が定まっているあいだは自分が生きていることをリアルに予測でき、心も休まりおのれの存立基盤は安定する。だが、闇に閉ざされ何も見えないと、明日この目の前の沢を登ったところでどこに行くのかもわからないし、最悪の場合、変なところに出て家に帰れなくなるかもしれない。つまり闇という暗黒の世界では将来の具体的計画は定まらず、その結果、近々、自分が安全に生きているかどうかの確信もてず、おのれの生存を確固たるものとして予測することができなくなる。存立基盤の侵されたじつに不確かな生存状況となり、身体がしっかり世界と結合されていないような、ふわふわとしたエクトプラズム感をおぼえるというわけである。

極夜の不安。ペネロペが感じたのは、このような不安と同種のものだったように思える。私が頻繁に不在にすることで、彼女の存立基盤は揺るがされ、将来の生存予測を確かなものとして一部受け取れなくなった。これは大いにありうることだ。父親という、外敵から身を守ってくれる大きくて力強い存在がいなくなることで、生物的な命の危険を感じるだろうし、パソコンにむかって原稿を書く後ろ姿を見なくなれば、いったい誰が私たち家族を養うの？　路頭に迷わないの？　ご飯はずっと食べられるの？　という経済的な不安を本能的に嗅ぎとるかもしれない。私がいなければ泥棒が侵入したときに身を守ってくれる存在がいないわけで、裏山から忍び寄る百足やゲジゲジやアシナガバチといった害虫を退治する人もいない。将来は経済的に困窮して大学に進学できず、一般企業に就職できず、勝ち組にくわれないかもしれない。

これはある意味、衝撃的な発見だった。このことが意味するのは、子供にとって親というのは未来の生存予測を確かなものとし、死への不安を解消してくれる光のような存在だということである。つまり私が極夜世界で見た太陽だ。私がいないことで、ペネロペの太陽の光は半分失われ、彼女は日が暮れかかった薄暗闇のなかに迷いこんでしまったわけだ。私は八十日間にわたり極夜世界を彷徨し、闇の世界の奥深くに到達して極夜の本質である極夜性を認識し、その結果として太陽を渇望した。闇のなかで存立基盤がうしなわれた状態で彷徨《さまよ》い歩き、その旅の果てに、四カ月ぶりの太陽を見たそのとき、私は光により視界をあたえられ、そして明確な未来の生存予測をもつことができ、将来に希望をもてるようになった。この探検で私は光と闇の深遠な事実を認識したのだと確信し、それを自著にも自信満々に著した。

ところが、あれだけ極夜世界で光と闇の本質を理解したと思っていたくせに、家族という足元の日常におおいかぶさろうとしている薄暗闇には全然気づいていなかったのである。しかも、その原因は私自身。なんということだろう。ペネロペにとっては私自身が闇の元凶、すなわち極夜そのものだったのである。

妻の話を聞き、豚肉と卵とニラの炒め物を口のなかに放りこみながら、私は自分の行為の罪深き一面にはじめて思いいたった。とはいえ、じゃあ来年からは長期の探検はやめにして家族と過ごす時間を増やしますというわけにはいかない。旅に出てそれを表現することは、私の生き方そのものだし、今更それを変更するわけにはいかない。私はすでに不惑で、年齢はもう生き方を変えることのできない領域に入りこんでいる。ペネロペの薄暗闇に少しでも光を投げ入れるために私ができることは、日本にいるあいだはできるだけ彼女と一緒に時間を共有して遊んであげることぐらいしか思いつかない。

というわけで、私は来週末、家族でキャンプに行きます。フィッシングカヤックも買って、一緒に釣りなども楽しもうと思います。

娘にかわいくなってもらいたい父親の心理

ペネロペが生誕してからこの四年半というもの、私にはずっと気になることがあった。この気になることは、少し恥ずかしいことでもあるので、本書でもこれまで積極的に明らかにしてこなかった。でも、この気になることは、たぶん父娘間の関係性を考えるうえで非常に重要かつ普遍的な観点のような気もするので、いつかはしっかり対決しなければならないとも感じていた。

その気になることが何かというと、私は毎朝、ペネロペの顔を見るたびに、そのむくみ具合が気にかかってしまうということである。

どうでもいいと思われるにちがいない。ごもっともである。しかし、このどうでもいい問題には、かなり深い事実が隠されているように思える。

私の娘の見目容貌は極めて麗しい。それは決して親の目から見た依怙《えこ》贔屓《ひいき》ではなく、世の公平かつ客観的基準に照らしてかわいいと断言できる。どうやらペネロペの目元の色気には相手をうっとりとさせる魔力があるらしく、先日、近所の駐在所のおまわりさんが巡回カードなるものを記入してもらうために私の家にやってきたときも、私がカードの記入を終え、防犯の注意点の短いレクチャーを受け、とっとと帰るべき段になったにもかかわらず、おまわりさんは自転車を乗りまわすペネロペの見目麗しさに引きこまれ、慈愛に満ちた優しい眼差しをむけながら「バイバイ、バイバイ」と何度もつぶやき、彼女の歓心を買おうとしていた。

温泉に入る猿で有名な長野県の地獄谷野猿公苑に行くと、外国人観光客たちは猿そっちのけで「オウ！　ベリー・プリティ」と連呼し、猿の写真を撮る私の娘の写真を撮ったりする。これらの諸事実からもわかる通り、私の娘が段違いに愛くるしいことは熱力学第二法則と同じぐらいこの世の真理だといえるのだが、それでもこの真理が当てはまらないこともあって、日によっては朝起きたときに非常に顔がむくんでおり、せっかくのかわいい顔が台無しになっていることがある。具体的にいえば、頬がぱんぱんに膨らみ、おたふく風邪の罹患者みたいになるばかりか、瞼が非常にはればったくなって眼尻が下がり、普段はそれこそペネロペ・クルスみたいにぱっちりと開いたお目めが、その昔、ギター侍の呼称で一世を風靡した波田陽区みたいな重たげな目になってしまう。瞼の血流が良すぎるのだろうか。

ペネロペ・クルスと波田陽区。一緒にならんだこの二人を見て同じ生物種だと認識することはむずかしい。それと同じぐらい、むくんでいるときとむくんでいないときのペネロペの顔面上の相違は大きく、そのちがいは誰の目にも明らかである。したがってデリカシーがなく、必要のないことを言う傾向のある私は、ペネロペの顔がむくんでいるとついつい「今日はむくんでいるなぁ」などと口に出してしまう。そして妻から「あなたってあおの顔の状態にやたらと敏感ね」などと皮肉めいた指摘をうける。

しかし今回、私が真に問いたいのは、娘の顔が時折むくむという、そのこと自体ではない。ペネロペの顔がむくむのは本質的な問題ではない。ネットで調べると顔のむくみは多くの女性の懸案事項らしく、塩分を控えたり、睡眠直前の水分摂取量を少なくしたりしたらいい等といろいろと対策が書いてある（ちなみにペネロペは味付けの濃い食べ物が好きで、寝る前に水をがぶ飲みする傾向があるので、むくむのは必然だといえる）。だが私が問題にしているのはそこではなく、娘の顔がむくむことを気にしている自分自身の心理がずっと気にかかっているのである。

いったい自分の娘のその日の顔の出来栄えに一喜一憂するというのは、親の心情としてはどうなのだろう。変なのではないか。そう思うと同時に、もしかしたら、この私の心情のなかには娘をもった父親なら誰もがもつ普遍的で、でもどこか倒錯した愛情のかたちが秘められているのではないか、という気もする。私は自分の心理の奥底にも横たわる、この父娘間の秘密を知りたいと思う。

娘の顔がむくんでいるのを気にする私。それはどういう心理かといえば、娘の顔がむくんでほしくないと思っているということだ。私はむくんだペネロペの顔を見るたびに、むくんでなければスキッとしてもっとかわいいのに、などと思っている。そしてむくみが少なくスキッとしているときは、今日は本当にかわいいなぁなどと思い、実際そう口にすることもある。つまり私は娘につねにかわいくあってほしいと望んでいる。

ここで問題なのは、そのかわいさが親から見た、いわゆる親にとっての子供という文脈で語られる親バカ的なかわいさではなく、私がかわいいと思うという意味でのかわいいであることだ。かわいいというのは人によって基準が異なる。猫をかわいいと思う人もいれば、犬をよりかわいく感じる人もいる。一番かわいいのは広瀬すずだと思う男もいれば、いやいや「おしん」を演じていた田中裕子が一番だとする人もいるだろう。つまり好みのタイプは人それぞれ異なるわけだが、それを踏まえたうえで私が娘に期待するかわいさがどのかわいさかというと、当然のことながら、私の基準でかわいいと思うかわいさなのである。つまり、どうやら私は娘に、ゆくゆくは自分の好きなタイプの女に育ってほしいと思っている節がある。

というより、これは節とか幹とかそういうレベルではなく、私にとってはかなり明瞭な事実である。私は自分のこの感情に、娘が誕生した直後から気づいていた。例の大学病院で妻が難産の末に娘を産み落としたその日、私は同じ部屋にならんだほかの赤ちゃんたちと見比べて、自分の娘が客観的かつ公平な基準から見て圧倒的にかわいいことに心のなかでガッツポーズをとった。そしてそれからほどなくして、このままかわいい感じで成長して、大人になってもかわいく、そしていい女に育ってもらいたいという感情が深層心理に芽生えていることに気づいた。

その一方で、自分のこの感情に私は戸惑ってもいた。何故このような気持ちが生じるのか。娘の顔のかわいさを喜ぶ自分。かわいく、いい女に育ってほしいと思っている自分。かわいいとかいい女という言葉が問うているのは精神面ではなく、純粋に外見上の話である。おまけにそのかわいさは、私が思うかわいさだ。恋人でもないのに、なぜ父親である私が娘の外見上の出来不出来を重視しなければならないのか。なぜ私は、生き生きとした人間になってほしいとか、ゴリラ研究者のような活動的な仕事について魅力的な大人になってほしいとか、自分の力で人生を切り拓いてほしいとか、そういう親としてのあるべき願いとは別に、かわいい女になってもらいたいなどといった余計な願いをもつのか――。

おまけに、娘にかわいい女に育ってもらいたいと思っているだけではなく、その娘からかっこいいお父さんだと思われたいとも望んでいるのである。

この感情を詳細に分析すると、父である私は、最終的には娘が大人になったときにつきあう男、結婚する架空の男の視点を想定していると考えざるをえない。私は、私の基準でかわいいと思える女に育ってほしいと娘に願っているのだが、しかし私は父親であるので、当然、娘が大人になったときに男女交際するわけではない。それにもかかわらずこうした願いを持つのは、将来の娘の交際相手に「この娘は本当にかわいいな」と思ってもらいたいという倒錯した心理が私の側にあるからではないか。そしてその架空の交際相手の視点とは、当然のことながら私自身の視点でもあるのだ。

父と娘といえども、そこには性の視点が厳然と介在しており、愛情の根本には性が何らかのかたちで関わっている。たぶんそれはまちがいない。私が娘を見つめる眼差しのなかには、何パーセントかの男の視線が確実に混じっている。これはインセスト・タブーに関わる問題であり、あまり大きな声で口に出すと変態だと見なされるため、一般的に話題にされることは少ない。というより、親がこのことに気がついても、そんなことを思う私は変態ではないかというタブー意識が自然と働き、無意識のうちに抑圧して、普通はなかったことにする。しかしそれは抑圧されて見えなくされているだけで、実際に父娘間ではこうした性意識が確実にあるように思う。

だから何なのだと訊かれると正直答えに窮するのだが、とにかくそういうことなのである。

そして私がなんでこんな変態だと思われかねない心理をこのように声高々にひけらかすかというと、この事実がとても面白いと感じるからである。子供ができると人間はこんな気持ちになる、親になる前は想像すらできなかった感情がポロリとこぼれ落ちてくる。娘を見つめる視線を介して、私は自分の精神の未開拓のエリアに入りこむことになった。自分の内側探検記である。そしてこの探検の結果、こんな気持ちが生じたのだ、ということがめちゃくちゃ面白いので、興奮して語らずにいられないのである。

父娘間の性意識は父から娘への一方通行ではなく、娘から父へのベクトルも存在する。なにしろ幼児の娘にとって身近で頼りがいのある男は父親しかいない。大人になれば、同じ愛情でも、家族への愛情と異性への愛情は別物に分類されるのが普通だが、幼児の情動はまだそこまで発達していないので、家族への愛情も異性への愛情も同じ愛情として一緒くたになって親に接してくる。

長期のグリーンランド行から帰国した直後、ペネロペがまるで恋人のように私に接してきたことはすでに書いた。四六時中、私にくっついて離れず、隙を見たらチューばかりしてくる。少しぐらいなら嬉しいが、度を越すと私にも戸惑いが生じて、思わず「チューは将来、恋人ができたときにしなさい」と父親らしくたしなめる。

「コイビトって何？」

「大きくなって好きな男の人ができたら、ずっと一緒にいてそのうち結婚するでしょ。そういう人のこと」

「それはオトウチャンのことだよ〜♡」

そういってまたチューをする。しかも、お調子者のペネロペは限度というものを知らない。まだモラルもタブーも形成されておらず、動物性丸出しなので、放っておくと行動はどんどんエスカレートして、風呂上がりに裸でいる私のそばに寄ってきて、興味本位で触れてはいけない部位を触ろうとすることもあり、非常に困る。そこまでいくとさすがに私の意識にインセスト・タブーが発動するので、「こら、そんなとこ触ると変態になっちゃうぞ」などとかなり真剣に叱りつける。

しかし今思い起こすと、私も母親に対して似たようなことをやっていた。しばしば夕食の準備をする母親のスカートの下に仰向けになって潜りこみ、パンツをのぞき見してはよく叱られたものだ。あのとき自分はいったい何をしたかったのか。今思うと不可解というよりほかないが、とにかく当時の私は母親のパンツを見たくて仕方がなかったのだ。ペネロペの私に対する態度にも同じことがいえるのだろうか。もしかしたらこの話は普遍的なことでは全然なくて、単なるわが家の血筋の話であるという心配も、少しあるが……。

ペネロペ、山に登る

日曜、月曜と天気予報に二日間晴れマークがついた二〇一八年六月、私は妻子と一緒に久しぶりに山登りをすることにした。

目的地は自宅のある鎌倉から車で二時間ほどで行ける丹沢山塊である。大山、鍋割山、塔ノ岳等がある表丹沢は都内からのアクセスが容易、非常に登山者数の多いメジャーな山域で、ペネロペが生まれる前に妻とも何度か登った。一方、ややマイナーな感のある裏丹沢は学生時代に何度か沢登りで行っただけで、この二十年近くすっかりご無沙汰である。地図を見ると檜洞丸《ひのきぼらまる》や畦ケ丸《あぜがまる》といった山名がならび、ああ、そんな山あったなと思い出したが、いったいどんな山だったかは何もおぼえていない。ただ、地図を見ると、林道沿いにはいくつもオートキャンプ場が整備されており、前夜はそのどこかでキャンプをすれば早朝自宅を出発したり、夜中に車を運転したりといった眠たい思いをしなくてすむので、家族で行くには便利そうな山域に思える。ということで前日に近くのキャンプ場で一泊し、翌日に近くの山を登るというとても大雑把な計画をたてた。

　日曜の午前に自宅を出発し、海岸通りを西進する。途中の平塚市のショッピングセンター〈ユニディ〉にたちより、食材や足りないキャンプ道具を買い足した。昼飯にラーメンをすすり、大磯で海岸を離れて市街を北上、東名高速道路に一区間だけ乗って大井松田インターで下車し、丹沢湖を越え、夕方が近づく頃、ようやく予約していたオートキャンプ場に到着した。

　キャンプ場はネットの口コミなどと値段、あとは焚き火可能かどうかで選んだ場所だったが、来てみると、期待していた木々の緑にあふれた自然豊かなキャンプ場ではなく、山村のなかにある単なる砂利の駐車場みたいながっかりする施設だった。しかしほかの場所を探す時間も勿体ないので、適当なところに車を止めてテントを張った。脇の河原で娘と石投げ遊びを堪能したあと、そのへんの薪を集めて火を熾《おこ》し、ＢＢＱで焼肉をたくさん頬張った。

　結婚する前まで私は、家族でオートキャンプを楽しみつつ、ほのぼのとした幸福を享受する人たちを心のなかで小バカにしていた。下らんことをやっている連中だと思っていた。学生時代、頬をゆるめ、子供の写真を見せびらかし、楽しかった週末のキャンプの話をするバイト先の社員を理解不能と見下していたことをよくおぼえている。探検家を名乗り、非日常領域で世界の新しい可能性を開く、などと勇み切っていた若かりし頃の私の目には、オートキャンプや休日はSCでお買い物等のファミリー活動は日常的価値観の体現以外の何物でもなく、もっともやってはならないことのひとつだった。

ところが自分自身、妻子をもつ身となってみると、やはり一緒に山に登りたいし、キャンプもしたい。理想をいえばアルプスや東北の奥深い山の源流部にテントを張って岩魚《いわな》でも釣って一緒に遊びたいところであるが、山の経験も体力もあまりない妻と、無力な幼児を連れてそんな奥山をめざせば、それこそ命懸けになる。三割ぐらいの確率でどちらか死ぬだろう。これは悲しいことである。それに私の妻は私とは価値観の異なる人間で、〈休日はSCでお買い物〉的感覚ももちあわせているので、アルプスや東北の奥山に行こうと提案しても拒否される。ということで家族ができてから私はわりと積極的にオートキャンプ場を利用するようになった。そして実際にやってみるとオートキャンプというのはとても快適で楽しいことが判明した。ビールもがんがんもちこめるし、BBQで焼肉も食い放題。子供と花火もできるし、汚れた食器を洗剤で洗えるので妻もあまりストレスを感じない。皆が利用するのもよくわかった。何より良いのは、探検家なんだからオートキャンプなんか馬鹿馬鹿しくてやってられるかという、それまで自分を縛りつけていた下らない固定観念から解放されたことである。オートキャンプで世間の価値観となじむことで、私はまたひとつ自由になれたように思えた。

オートキャンプを堪能した翌日、早い時間にキャンプ場から撤収し、私たちは車で林道を奥に進んだ。やがて西丹沢自然教室という施設の駐車場が見つかり、そこに車を止めて山道を歩きはじめた。

西丹沢自然教室からは西沢という沢沿いに登山道が延びており標高一二九二メートルの畦ケ丸に登ることができる。麓から山頂までの標高差は約七百五十メートル。ペネロペは前年、三歳のときに標高差約五百メートルの奥多摩三頭山に自分の脚で登り切った経験があり、標高的には畦ケ丸を狙うことも十二分に可能だった。しかし、畦ケ丸に登頂するには標高千メートルを超えてからの稜線歩きが少し長い。それに、これは前に書いたことだが、三頭山に登ったあとからペネロペは急に山に登れない子供になってしまった。自我が発達し、外の環境を正確に認識するようになったせいで、目の前のつらいことや怖いことから逃げ出すようになった。今回も、山登りに誘ったときこそ「いいよ。行く！」と楽しそうに二つ返事で応じたが、登りはじめたらどうせすぐに弱音を吐いて一時間ぐらいで帰るといい出すに決まっている。そう予想されたので、畦ケ丸登頂など夢のまた夢、その手前の権現山というもっと低くて近い、どこにでもある名前の山をめざすことにした。

ところが、だ。意外なことに、ペネロペは非常に楽しそうに山登りをつづけた。

自然教室から最初の大きな堰堤《えんてい》では、「わあ、すごい！　すごい大きな滝！」と、まるでナイアガラ瀑布を見たかのように感動。日光をあびて爽やかに煌《きら》めく緑の木々を見つめ、「すごいきれい！」と天然水のCMみたいな芝居がかった喜びを見せたかと思えば、飛沫《しぶき》をあげる急流にかかる木橋を慎重にバランスをとりながらわたりきり、「山の探検者みたい！」と大はしゃぎする。

不平もいわず、疲れも見せず、楽しそうに山を登る娘の姿を見ながら、私は、去年とは全然ちがう……と、妙な手応えのようなものを感じた。権現山の分岐を気づかないまま通りすぎてしまったので、私たちはそのまま畦ケ丸方面の道を登りつづけたが、登山道が急斜面に変わってもペネロペは駄々をこねずに登りつづけた。最後は時間が足りなくなり、稜線に出たところにある一一一九メートルの小ピークをゴールとしたが、「ここがあお山だ」というと、娘は「やったー」と大喜びして、いい表情を見せたのである。

この一年間で随分成長したんだなぁ。久しぶりに娘と山に登り、私は子供の変化を実感しないではいられなかった。去年の三頭山では細い道や危険個所でなかば担ぎ上げるようにして登ったが、今年は完全に自分の力で登り切ることができた。さすがに危ないところは手を引いたが、下りでも抱っこすることなく全部自分の脚で歩きとおした。見違えるほど体力がつき、足腰もしっかりして安定して歩けるようになっている。しかもすごく楽しそうだった。去年、三頭山のあとに山登りを嫌がったのは、やはり体力が不十分で登ることがつらかったからだろう。今年は十分に体力がついたので登っていて苦ではなくなったのだ。

帰りの車中、私の心には「もっと大きな山に連れて行っても大丈夫なんじゃないだろうか、たとえば北アルプスとか……」という野望がメラメラ燃えあがった。よし、夏は北アルプスだ。ペネロペの幼稚園が夏休みになったら、黒部ダムから内蔵助平《くらのすけだいら》を越えて真《ま》砂沢《さござわ》から立山に登頂しようと、とんでもない山行計画を夢想していたのである。

それにしても、なぜ私は娘を山に連れて行きたがるのだろう。不思議なことである。冷静になって考えれば、子供を山に連れて行く必要なんか全然ない。むしろ女の子なのだから、山のようなある意味、野蛮なフィールドではなく、おままごとセットを買いあたえたり、ディズニーランドに連れて行ってバーチャルな夢の国体験をさせてあげたほうが女の子らしさを育むことにつながり、将来の幸福につながる、という気がする。しかし私にはそれができない。不可能なのである。というのも、おままごとセットはともかく、ディズニーランドに関しては探検家的にオートキャンプ場よりはるかにNGな場所であり、ここに家族で出かけることは私にとっては自殺行為だといえ、さすがにそれだけは無理だからである。

そんなことというなら、休日の行楽なんて家族サービスなんだからお前が場所を選ぶんじゃなくて、奥さんか子供の意見を聞けよ、という意見もあるかもしれないが、そういうわけにもいかない。なぜなら休日に家族で遊ぶのは私にとっては家族サービスではないからだ。

そもそも私は家族サービスという言葉が大嫌いだ。なぜ私が家族にサービスしなければならないのだろう。家族サービスというのはたぶん日本語独特の言葉であり、さらにいえば猛烈会社員の世界でとくに好んで使われる言葉である。

日本人は滅私奉公を美徳としており、男たちは戦時中、国家や天皇のために滅私奉公して玉砕し、戦後になると会社のために忠誠をつくして滅私奉公で残業しまくり、本来は疲れ切って家でゴロゴロしたい休日でさえ、妻子から要請されるというかたちでマイカーで行楽地に出かけて家族に滅私奉公してきた。この休日における家族への滅私奉公がいわゆる家族サービスと呼ばれるものである。猛烈会社員たちは月曜になると「いやー昨日は子供にいわれてディズニーランドに行って、もうくたくたですわ」「お互い、家族サービスで大変ですなあ」などと双方の滅私奉公ぶりを称揚しあった。これがどういうことかといえば、滅私奉公を美徳とする文化においては、自分の行動が主体的なものではなく、帰属する場（会社や家族）に対する忠誠から出たやむにやまれぬ行動であればあるほど価値が高いということであり、そのため父親たちは自分がいかに主体性を押し殺して休日を家族サービスに費やしたかを競いあってきたということなのである。

このように家族サービスとは家族への奉仕であり、自分の意志を封殺して、つまりやりたくもないことを我慢して、家族という場のために尽くす休日活動のことをいう。

しかし私が休日に家族と遊ぶのは、そんな馬鹿馬鹿しい理由からではない。私自身が家族と遊びたいから遊ぶのである。私が楽しいから家族とどこかに行きたいのだ。したがってわが家には家族サービスは存在しない。むしろ私がやりたいことにつきあってもらっている。私が主導して休日活動の内容が決まるため、必然的に山や海などの野外を選択することが多くなる。

家族で過ごす休日に何をするか。この問題は親の教育方針と密接に結びついている。親というのはどうしても自分の得意なフィールドに子供を誘いがちだ。卓球の五輪メダリストは子供に卓球を教えたいと思うだろうし、芥川賞作家は子供に絵本を買いあたえ、言葉と物語の世界で生きてほしいと願うだろう。それと同様、私が子供を山や海に連れて行くのは、そこが私の得意とするフィールドだからである。

数カ月前、アウトドア雑誌で持っている小さな相談コーナーに「子供を山に連れて行きたいが悩んでいる」という内容の投書が来た。自分も山登りが好きなのだが、山は危険だし、そんな場所に子供を連れて行くのは親のエゴではないかというのだ。私は、そんな下らない悩みは即座に捨て去り、どんどん山に登ったほうがいいとアドバイスした。

山に登っている人間が子供を山に連れていきたいと思うのは当たり前である。なぜなら、山に登っている人間が子供に何かを伝えるとしたら、それは山を通じてしかありえないからだ。

客観的で公正中立な教育方針など世の中には存在しない。ヤフー知恵袋に「子供をまっとうに育てたいんですけどどうしたらいいでしょうか」と相談したら、おそらくいい加減な答えがたくさん返ってくるのだろうが、しかし正しい答えは絶対に返ってこない。なぜなら子供を育てるうえで誰にでも当てはまる正しい答えなど存在しないからである。親にできるのは、ただ、その正しい教育というものを日々探し、頭を悩まし、格闘することだけである。子供に何かを伝える方法はそれ以外にない。その子にはその子にあった教育のやり方しかないし、親にはその親だけの教育のやり方しかない。つまり親は、過去の経験を通じて培った自分独自の内在的な論理、すなわちおのれの信念にしたがって子供を教育するしかない。その信念が正しいのか、誤っているのかはわからないが、ただそれが正しいと信じるよりほかないのだ。世間に同調しようとするあまり、自分が正しいと信じるやり方をエゴであると切り捨ててしまえば、もはやその親にできることは何もなくなってしまう。

私は卓球選手ではないので、卓球について何も語ることはできない。だから卓球を通じて子供を教育することはできない。大工ではないので木工を教えることはできないし、棋士ではないので将棋で何かを語ることはできない。しかし山に連れて行くことはできる。キャンプに連れて行き自然に触れさせることはできる。森のなかから集めた薪を組んで焚き火を熾し、ガスコンロから出る青い火ではなく、白い煙を吐き出しながら燃え上がる赤い炎を見せることができる。街灯やネオンの明かりのない暗闇のなかで寝かせて、本物の風の音を聞かせ、星の光を見せることができる。そして山に登って新緑の森の匂いや渓流のせせらぎの音の心地よさを教えることができる。狭くて険しい山道を歩かせることで危険とは何か、恐怖に直面したときに身体はどのように反応するのか感じさせることができる。頂上で周囲の山々を見わたし、そこから見える景色の素晴らしさと地球の広大さを見せることができる。労苦の末に勝ち取った風景には、その風景の物理的な美しさを超えた喜びが宿されていることを経験させることができる。何より山という危険な場所で手を引いて歩くことで、父親というものが信頼に値すること、圧倒的に頼りになること、たとえ世の中のすべての人間から裏切られたとしても、父親だけは自分を庇護してくれる存在であることを、言葉ではなく身体で理解させることができる。

私は、将来山登りをする人間になってもらいたくて娘を山に連れて行くわけではない。地球とは何か、世界とは何か、自然とは何か、人間とは何か、家族とは何か、そして生きるとは何か、これらの問題に少しでも触れてもらいたいから山に連れて行く。そして、私がそれを教えられるとしたら登山を通じてしかないのである。

世の真理として子供は親を選べないし、それどころか誕生することすら自分の意志では決められない。子供が誕生するとき、その子は誕生したいなぁと自らの意志で生まれるわけではない。当たり前である。したがって、このような親のもとに生まれたのは子供にとっては運命というほかなく、同時にこのような子供が生まれたのは親にとってもまた運命である。もしその日ではなく、別の日に受精したら、その子ではなく別の子が生まれていたのだ。それを考えると、親子関係は実に儚《はかな》くも脆い偶然性という契機によって支えられているといわざるをえない。でも、だからこそ、まったくの偶然であるからこそ、この関係は逆に比類なき強度を獲得することもできる。なぜなら自分の意志が介在していないからこそ、この関係は理屈や感情を超越しており、もうこの偶然という運命を受け入れるよりほかないからである。親も子も生まれた以上、言い訳は許されない。逃げることはありえない。この親のもとに誕生したという偶然を受け入れなければ子供は成長できないし、親もまたこの偶然を受け入れ、覚悟を決め、自分の信念にしたがって教え諭すほかどうしようもない。

正直いって子供が生まれる前は、たぶん子供が生まれても自分は探検や山ばかり行って子供と一緒に遊ぶような立派な親にはなれないだろうと思いこんでいた。そもそもがいい加減な人間なのである。しかし現実に子供が生まれると、そんないい加減な心づもりであった私でさえ、子供と一緒に遊びたい、山に登りたいという欲望を抑えることができなくなった。

たしかに毎年のように長期の探検旅行で家を留守にはする。これは私の生き方なのでやめることはできない。だが、現実としては海外に出ていないときは自分の山行を減らしてでも子供と山に行こうとしている自分がいて、このことに私自身驚くばかりだ。

生まれ出てきた以上、私は娘に立派な人間に育ってもらいたいと思うし（ちなみに私がいう立派な人間とは、いいことばかりを言う善良なだけが取柄の人間のことではなく、自分の頭で考え、自分の力で人生を切り拓く独自のモラルをそなえた人間のことである）、人生を楽しんでもらいたいと願っている。親になった途端に、普通に、ナチュラルにそういうことに頭を悩ます人間に変わっていたのだ。

こんな殊勝なことを考える人間になることなど、親になる前は想定していなかったが、これがまた現実なのである。その結果、私は自分のできるかぎりの範囲内で、私が信じる教育を子供にあたえてやりたいと自然に思っているし、そのためにしっかりと熱意をもって、山や海でともに遊びたいといつも心がそわそわしている。

＊

丹沢の登山から一カ月ほど経ち夏が本格化した頃、私はなんとなく思いついた例の夏の北アルプス親子登山計画の検討に着手した。しかし地図を見ると現実の壁にぶち当たり、こんなところに四歳児を連れて行くわけにはいかないと、わずか三十秒で悟った。黒部ダムから最初の幕営指定地である真砂沢まで標高差八百メートル、距離にして十キロ以上あり、大人の足でも一日がかりである。もちろん以前に何度か登ったことがあったので、さすがにそれは地図を見る前からわかっていたので途中にある内蔵助平という広い河原でこっそりキャンプしようと考えていたのだが、仮にここでキャンプしたとしても立山まで真砂沢、剱沢《つるぎさわ》、雷鳥沢と三回のキャンプが必要で、上部は長い雪渓歩きがつづくハードな計四泊五日の大縦走計画にならざるをえない。たしかにペネロペは四歳児離れした尋常ならざる体力を誇ってはいるが、これだけ長いルートになると途中で嫌になりもう山には行かないといい出すだろう。というかそれ以前の問題として、わが家の親子登山は基本的に荷物はすべて私が担ぐしきたりになっているため、もしこのルートで登るとしたら私が一人で三人×五日分の食料、装備を担がなくてはならず、さすがにそんなにはザックに入らない。

ということで計画は振り出しにもどり、どこに行くか私は再検討を余儀なくされた。娘の体力を考えると現実的には一日七百メートルほどの登りが限度であり、アルプス周辺の高山地帯で、登り口からその程度の登りで幕営指定地のある山を探してみると、意外と少なかった。地図を検討した結果、北アルプスの〈中房温泉から合戦小屋を経由して燕岳〉案と、北八ヶ岳の〈渋の湯から高見石小屋、黒百合ヒュッテを経由して天狗岳〉案の二案に絞られたが、最終的には縦走形式で登りと下りの道が別になる後者の北八ヶ岳案を採用することにした。一日目の宿泊地である黒百合ヒュッテまで標高差六百五十メートル、コースタイムも二時間半ほどらしく、ペネロペの足でも十分歩きとおせるだろう。二日目は黒百合ヒュッテから二百五十メートルほど登って天狗岳に登り、あとは渋の湯まで下りるだけなので余裕《よゆう》綽々《しゃくしゃく》だ。天狗岳は以前、雑誌の取材で登ったことがあり、道もとくに荒れていたり険しかったりした記憶はない。地図を見ても山域全体の傾斜はゆるく、山というよりどちらかといえば丘、家族を連れてハイキングを楽しむには格好のエリアに思えた。

というわけで家族三人で北八ヶ岳にむかった。

ところが、いざ登ってみると、北八ヶ岳は幼児には意外とハードなルートだった。道が荒れているわけではない。傾斜がきついわけでもない。それなのになぜハードなのかといえば、地面に数十センチから一メートルほどの岩が途切れることなくつづいているからである。つまり通常の登山道のような土の道ではなく、地面から岩がぼこぼこ突き出しており、そこを歩くわけだ。

もちろん大人の脚なら問題ない。岩と岩は大きく離れているわけではなく、岩の天辺から天辺へと容易に跨《また》いで歩けるからである。私の頭のなかで北八ヶ岳は登りやすい山域だと記憶されていたのも、そのためだ。雑誌の取材のときはこの岩の道をひょいひょい跨いで登ったので、苦労した記憶がまったくなかった。ところが身長一メートル足らずの娘には、これが大きな障害だった。なにしろ脚が短すぎて岩と岩を跨ぐことができない。その結果、ひとつの岩を越えるのに、一度岩と岩の隙間に下りて、下から目の前の岩を登攀しなければならず、岩を登っては下り、またつぎの岩を登っては下り……と、これを延々とくりかえす羽目となったのだ。大人にとってはただ歩くだけの道だが、ペネロペにとってはひたすらボルダリングがつづくデスロードだったのである。

しかも困ったことにというか、嬉しいことにというか、ペネロペはこの障害を楽しんでいた。天性のボルダラーなのか、目の前に身長を超える大岩があらわれると、よせばいいのにわざわざ難しいところから登ろうとする。私としては早く登らないとこの日の幕営予定地である黒百合ヒュッテに着かないので、「こっから登ったほうが簡単だよ」と楽なところを示唆するのだが、「あおちゃんはこっちから登るの」といってあえて困難なラインに取りつくのである。

これでは全然進まない。ペースは途方もなく遅かった。天地が開闢《かいびゃく》し、天狗岳がこの地球上に隆起して以来、これほど遅いペースで登った人間ははじめてだと思われた。何であれ、史上初というのは気持ちがよいのだが……。

出発から約五時間、午後二時になりようやく高見石小屋に到着した。だが、この日の目的地である黒百合ヒュッテまで、まだ半分近くの行程がのこっている。登り口である渋の湯からたった四百五十メートルほど登ったにすぎない。しかし、さすがのペネロペも終わることなき連続登攀に疲弊し、嫌気がさしたのか、もう歩きたくなさそうな様子で、憮然としていた。

小屋の前の広場には幕営も可能と書かれた掲示板があり、私は何気なく「ここでテントも張れるんだねぇ」とつぶやいた。すると、それを聞いたペネロペは、突破口を見つけたとばかりに「もうここに泊まろうよ〜。もう疲れたよ。行きたくないよ」と駄々をこねはじめた。

「ここに泊まったら、明日がものすごく大変になるよ。それでもいいのか？」

「いいよ。もうここに泊まろうよ。岩ばっかりで嫌だよ」

「ねえ、あおちゃん聞いて、まだ時間があるから、もっと上まで行ったほうがいいよ」

妻も説得にとりかかるが、ここで押し切ればもう歩かなくてすむとわかっているペネロペは、もはや聞く耳をもたなかった。小屋にいるすべての人に聞こえる声で、というか、自分はもう歩きたくないのにこのエゴでスパルタな親に登山を強要されているのだ、自分は被害者なのだ、児童虐待だ、ということを周囲にアピールするかのような大声で、「もういいよお！　ここに泊まろうよ。ここがいいよ！」とわめくのだった。

やむなく私は高見石小屋で幕営することにした。

当然のことながら、翌日はさらにハードなものとなった。高見石小屋からはゆったりとしただらだら登りがつづき、中山というこんもりとした見晴らしのいい丘に出る。道は針葉樹の森のなかで、前日の沢沿いとちがい岩は少なくなったが、それでも前日の登りでうんざりしたのか、ペネロペの意気はあがらない。三十分登っただけで、「ねえ、まだ？　頂上まだ？」と何度も立ち止まる。

「頂上なんかまだまだだよ。今日は長くなるって昨日いっただろ？　まず最初の頂上に登って、一回下りて、そこからまたつぎの頂上に登ってそこで終わりだから。そこまで行けばあとは下りるだけだから。頑張らないと暗くなるよ」

中山を過ぎて下りにさしかかると、前方の緑の森から見事な三角錐となって天空に突き刺さる天狗岳の山頂が姿を見せた。眼下の森の絨毯は広大で、山頂まではまだかなりの距離がある。

天狗岳は私の記憶にあった姿よりはるかに雄々しく、勇壮で、正直、四歳児があんな険しい道を登れるのだろうか、と少し不安にさせる威勢を誇っていた。だが同時に、山頂の姿を見せたらペネロペの闘志に逆に火がつくかもしれないとも期待した。山には人間の本能をくすぐる何かがある。高いところを征服したがるのは原始的で動物的な欲求だ。北極の海氷に浮かぶ巨大な氷山にも時々、シロクマの足跡が頂上にのびているものがある。そんなところに登っても餌は絶対にないのに、シロクマのなかには頂上を踏みしめたくて仕方のないのがいるらしく、急傾斜の氷壁に天辺まで足跡がつづいていることがある（周囲を見わたして餌の海豹を探しているのかもしれないが）。それと同じで、天を衝かんばかりにそびえるあの天狗岳の雄姿を見たら、ペネロペも、あそこに登ってみたいという動物としての本能が刺激されるかもしれない。それを期待して私はペネロペに声をかけた。

「ここから頂上が見えるよ」

ところが山の姿を見た瞬間、ペネロペの心は逆に折れてしまった。

「えええ、あんなところ行きたくないよ。遠いよ。全部登りたくない」

がっかりだった。この子は、山の姿を見ても原始の欲求がくすぐられないのか？　動物的本能がかきたてられないのか？　なんという根性のない子供だ。そもそもこの子はあたえられた目標を完遂する精神力に欠けたところがある。ご飯を食べるときも、いつも初っ端から「これ全部食べなきゃダメ？」といって妻に叱られている。困難に立ちむかうことにしり込みし、努力もしないで諦めてしまうことが多すぎるのだ。そう思うと、もはやこっちも意地だった。途中の分岐を右に下れば天狗岳には登らず渋の湯に下山できるが、私は何としてでも娘を天狗岳に登らせるつもりになっていた。この天狗岳に登れなければ、この子は一生目標から逃げる人間になってしまうかもしれない。

私は小さな嘘をついて、娘を頂上にむかわせることにした。どういう嘘かといえば、非常に些細な嘘で、車にもどるには天狗岳に登らないと道はないと明言したのである。実際には分岐を右に曲がったら下りられるのだが、その下山路を封印したわけだ。これで登頂以外の退路を断った。

さらに物で釣った。例によって途中からペネロペは私に駆け引きをしはじめた。

「ねえ、クリハートが欲しいよ」

クリハートの正確な名称はプリハートで、幼女たちに絶大な人気を誇るテレビアニメ「HUGっと！プリキュア」で主人公たちが使っている変身アイテムのことである。ペネロペはプリハートをクリハートと勘違いしており、それを聞くたびに妻は「クリハートってなんかやらしいよね、ふふふ」と渋い顔で微笑する。それはともかく、プリハートはバンダイからおもちゃが発売されており、向かいの家に住む一歳上の友達がそれを持っているため、以前からペネロペは同じものを欲しがっていた。それを登山が佳境にさしかかったこのタイミングでねだりはじめた。何か魂胆があるにちがいない。私は娘の駆け引きに応じることとし、政治決着で目の前に人参をぶら下げることに決めた。

「よし、わかった。頂上まで登れたらクリハートを買ってやる」

「やったー！」

現金なものでそれからはペネロペはあまり不平をいわなくなった。険しい山道をゆっくりと、無言でじわじわ登っていく。途中で一度音を上げたが、プリハートの威力は絶大である。

「どうした！　クリハート買ってもらえないぞ！」と声をかけると、まるで呪文にかかったようにすぐに登りはじめる。

上空に雲が広がり、頂上が近づくとガスに巻かれて視界は悪くなった。山頂には岩が転がり、東天狗岳と記された標識が一本立っていた。妻と一緒に山頂にたどり着くと、ペネロペは急に駆け出してその標識にしがみついた。そしてじつに気持ちのいい笑顔を見せた。

「やった！　頂上だ。すごい。全部自分で登れたんだね！」

「よかったなぁ。あきらめないで正解だっただろ」

「うん、よかったあ」

娘の嬉しそうな声を聞き、私は思わず感極まった。子供が自分の脚で頑張って山に登る。たったそれだけのことが、ここまで嬉しいものだとは考えたこともなかった。一泊二日、標高差わずか九百メートルの登山にこれほどの感動が詰まっているとは……。

だが、登山はこれで終わったわけではない。まだ下りが待っている。昨日、高見石小屋までしか進めなかったせいで、今日は山頂から登り口まで一気に下らなくてはならない。小屋の人の話だと、岩がゴロゴロしているのはこの山域の地質的特徴らしく、どの道を歩いても同じようなものらしい。山頂に到着したのは午前十一時頃。小屋を出発してすでに五時間も経っている。下りも相当時間がかかることを考えると、急がなければ日没前に下りられないかもしれない。

山頂でおにぎりを頬張って、休憩もそこそこに下山にとりかかった。山頂から少し下ると道は分岐しており、私は登りとは別の左の道から下りることにした。登りの道は山頂直下がかなりの急坂で、下るには少し危ないような気がしたし、それに左の道は昔の雑誌の取材のときに使った道で、とくに悪場はなかった記憶があったからである。

しかし昨日の往路と同じく、この記憶は大人ゆえの錯覚だった。下山に採用したこの左の道は、また岩だらけのひどい道で、ペネロペにとっては小さな岩場が延々とつづくボルダリングロードであった。私と妻がひょいっと跨げる岩と岩を、ペネロペは登っては下り、登っては下りして、もくもくと下る。ひたすら無言で目の前の障害をのりこえる。私ももはや「頑張れ、頑張れ」と励ます以外にできることはなかった。

山頂から黒百合ヒュッテまで二時間半もかかった。時刻はすでに午後二時である。小屋でアイスを食べて少し休憩し、すぐにまた下りはじめた。小屋の人によると、ここから先は沢沿いの道となり、まだしばらく岩だらけの道がつづくうえ、夕方雨が降るとの予報が出ているという。雨が降ると岩が濡れて危険なので、その前になんとか岩の多いところは越えなければならない。話に聞いていた通り、道には岩が多く、ペネロペはまたボルダリングをこなして岩を登りながら道を下りつづけた。

さすがに途中でうんざりしたようで、「もう岩ばかりで嫌だ」と急に立ち止まり、「もう歩かない。もう帰りたくない」と動かなくなった。しかし、そこから五分ぐらい抱っこしてやり岩の少ないところに出ると、また機嫌を直してもくもくと歩きはじめる。いったい昨日からこの子は何百個の岩を越えたのだろう。自分の子供ながら、私はその体力に舌を巻いた。今まで私は本書でこの娘のことを、やれ神の子だの、天才だの、客観的に見てかわいいだの、親バカよろしく散々褒めそやしてきた。だが最後だから明かすが、当然その八割は冗談である。しかし体力だけは本物だ。岩をひたすら登り下りする娘を見て、鉄人がここにいると私は思った。〝女衣笠〟としか呼びようがなかった。これだけの数の岩を登り下りしてまだ体力的には余裕がありそうなのである。

黒百合ヒュッテから一時間半ほどだろうか、雨が降る前に岩の多い沢沿いを越えて、登山道は尾根に上がっていった。尾根に出るとようやく岩の連続から解放され、歩きやすい土の道に変わった。そこからはペネロペは大人とさして変わらないペースで下りはじめた。

先行して歩いていると、後ろからペネロペが妻と自作の歌を歌い、大笑いしてはしゃぐ声が聞こえてきた。

「元気になったよ　わたしたち〜♪　ハートビームで……いくよ、ハートビィーーーム♡」

「うわあああ、あおちゃんからハートパワーをもらって元気になっちゃったあ」

渋の湯の登山口に着いたのは、もう午後六時近かった。出発が朝の六時だったので、まるまる十二時間行動となった。大人でも十二時間行動というのは普通はしない。私もよほどのことがないかぎり、そこまでは歩かない。しかしこの日のペネロペは自分の脚で、上から下まで十二時間歩きつづけた。登山道を下りきり、最後の川の橋にさしかかると、娘は「ああ、ようやく着いたあ」と喜びを爆発させ、私のもとに駆け寄った。そしてこういった。

「すごかったね、あおちゃん、全部一人で歩いたんだよ。あおちゃんしかできないよ、こんなこと。登ってよかったぁ」

二十二年前に登山をはじめて、私もこれまで多くの山々を登ってきた。厳冬期の北海道の山を一カ月近くかけて縦走し、屋久島の沢を単独で縦断した。冬の黒部峡谷も横断したし、〈幻の滝〉と呼ばれる剱沢大滝も完登した。地図を持たずに日高山脈を登ったこともあれば、北アルプスの記録のない冬壁を登攀したこともある。雪崩にも三回埋まった。でも、娘と登ったこのときの天狗岳ほど感動した山はない。橋をわたりきったペネロペが感動の言葉を叫んだ瞬間、私は、もうダメだった。心が震え、頬のまわりの血管が膨張し、鼻頭に何か熱いものがこみあげてきた。言葉を口にしようとすると、涙がこぼれそうになる。この子は今、生まれてはじめて達成感というものを知ったのだ。身体を動かし、困難をのりこえ、目標を達成したときに突き上げてくるあの清々しい気分が、身体全体にくまなくみなぎるのを感じているのである。自分の子供が手にしたものの大きさを想像するだけで、心が震えた。

私は山に登るという行為を、もしかしたら誤って理解していたのかもしれない。以前、私はとあるエッセイで登山と育児の関係について考察したことがある。多くの登山者は就職、結婚、育児を機に山を離れるが、人生におけるこの三つの重大契機のなかでも育児は圧倒的に登山者を山から遠ざける力をもつ。どうしたわけか、子供ができると多くの人は山に登れなくなるのだ。それはなぜか。

子供ができる前の私は、それは子供が山そのものだからであると考えていた。山などの自然はいってみれば人間には制御不能などうしようもないものである。その人智を超えたどうしようもない環境のなかで自分の命を長らえさせていく営為こそ、登山や冒険と呼ばれる行為の魅力である。子供もまた自然そのものだ。親から見ると、子供はどんな人間に育つかわからないし、何をしでかすかもわからない。わけのわからないことで泣いたり、駄々をこねたりして、苦労してなだめすかして教え、諭し、導いていくものである。それを考えると子供を育てることは山に登るのとある意味、同じなわけで、わざわざ山などに行かなくても育児をすることで自然を満喫し、人間が生きることの意味を経験することができる。だから子供ができたら人は山に登らなくなると、このように考えていた。

しかし天狗岳に登ったとき、私はこの理解が一面的であることを思い知らされた。親になった人間が山を離れるのは、そんないかにも取りつくろった感のある理屈っぽいことが理由ではない。もっと単純な話で、子供が登山とはちがった、ときにはそれを上回る新しくて深遠な世界を親に経験させてくれるからである。

子供と山に登って味わう感動は、決して一人で山に登ることで得られる感動ではない。どんなに困難な山に登っても、かりに限界を超え、かぎりなく死に近づいて生還したとしても、子供との登山と同じ喜びを感じることは不可能だ。なぜなら、それはまったく異なる立場で経験する、ちがう喜びだからである。たしかに子供がなしとげる達成は、親の達成ではない。しかし親から見て子供は自分の命より重たい命なので、その子供がなしとげる達成は自分がなしとげる達成よりもはるかに重たい意味を持つのだ。だから子供と登る山は、自分が登る山と別次元の感動を生みだす。この小さな命が何か新しい能力を獲得して成長を見せるたびに、親がいちいちバカ騒ぎしてはしゃぐのは、そのためだ。

子供が生まれて、子供が様々な何かをなしとげるときに感じる喜びは、親になってみなければわからない完全に新しい経験である。未知なる世界である。子供ができる前、私は、自分がこんなに子供のことを考えて生きていくことになるとは思わなかった。若かった頃の私が今の私を見たら、きっとなんと軟弱な大人になったものか、と幻滅するだろう。しかし実際に父親になってみると、こんなに愉快で面白いことはないとつくづく思う。人間、四十年も生きているといい加減、今までの自分に少し飽きてくる。その意味からも、子供ができて自分が変わることは面白い。親になると自分の人生は新しいフェーズに入り、人生はVer.2.0に突入する。それまで自分の表面をおおっていたVer.1.0の殻がばりばりとはがれて、脱皮し、なかから今まで見たこともない新しくて異なる自分が唐突にぬるぬるっと出てくるのを感じる。この新しい経験を私は可能なかぎり享受したい。許された時間は短い。この前生まれたばかりだと思っていたのに、気づくとペネロペはもう四歳になっている。子供が成長して大人になれば、きっとこの新しい感動を味わう機会も少なくなるだろう。だから今のうちに、ペネロペが小さいあいだに、できるだけ彼女の成長の過程に私も参画させていただいて、一緒にこの面白い体験を満喫したい。たとえ自分の山登りの時間を減らしたとしても、私は子供が見せてくれる別の世界をもっと見てみたい。

天狗岳に登ったその日、ペネロペは毎日つけている日記にこう書いた。

〈おやまのてっぺんまでのぼった　たのしかった　あいすくりーむたべた　たのしかった

ごはんたべにいった　おんせんはいった〉

こんな素晴らしい文章、私にはもう書けない。

あとがき

子供をもつことの喜びはすべての親に共通のものだと思うが、それを公表するとなると話は別である。

とくに父親の場合はそれがいえる。少子化が社会問題になり、イクメンという言葉がもてはやされるようになった昨今はかなり改善されたが、それでもこの国の男社会には戦前からの父権主義的、体育会的なマッチョイズムが今もまだ根を張っており、男児たるものが子供のことを嬉々として語ることは格好悪いことである、という変な美学が男たちの心のどこかにのこっている。男はこうあるべき、女はこうしなければならないというジェンダーを基準にした〈あるべき論〉ほど馬鹿馬鹿しく、そして時代遅れなものはないが、それでも、そう思っている私自身、じゃあ深層心理までふくめてそこから解放されているかというと、かなり疑問がある。とくに、本編のなかでも何度か触れているが、若い頃は子供のことを嬉しそうに語る父親たちを見るたびに、こういう大人にだけはなりたくないなと思っていたわけで、そう考えると私もまたこの男の変な美学にどっぷり浸かっている一人だった。

ではその私が、何故こんな親バカ丸出しの格好悪いことこのうえない本を書いたかというと、理由はただひとつ、実際に子供ができてみると、それを語りたくて語りたくて仕方がなくなったからだ。子供の誕生は、私の心理に巣くっていたこの男の下らない〈あるべき論〉を物の見事に粉砕してくれた。そしてどうしてこんな面白いことを、みんな教えてくれなかったのだろう、ということを不思議にも思った。

ただ、今はもう連載時からある程度の時間が経過した。その冷静な目で当時の原稿を読み返してみると、複雑な思いを禁じえない、というのが本音でもある。

ペネロペこと角幡あおは、まもなく六歳になる。一方、本書の原稿を書いていたときはまだ二歳から四歳で、子供ができたばかりの頃の興奮と勢いがのこっている状態で筆を進めた。

文章を書く人なら誰でもわかると思うが、執筆中に筆がのって気分が昂揚してくると、ある種のトランス状態に突入し、書いていてとても気持ちがよくなってくる。集中力が異様に高まって頭のなかで脳内物質がどくどくと分泌する。ところが、そういうノリノリで書いた文章を時間がたって落ちついた状態で読み返してみると、十中八九読むに堪えないひどいものので、あまりの恥ずかしさに部屋で一人赤面することも少なくない。

本書は、いってみれば全編にわたってそれに近い恥ずかしい文章がちりばめられた本である。なにしろ、子供ができてから三歳ぐらいまでは毎日が成長と変化であり、親の立場からすると発見と認識の変革がひたすらつづく。親の気持ちは親にならなければわからないとよくいうが、そこにはやはり真実が宿っていて、自分が親になることではじめて、自分が子供のときに奇異に感じた親の何気ない視線や挙措、態度の意味がわかってくる。つまり人は親になることによって、世の中の多くの人の思考や行動の前提となっている、ものすごく単純で基礎的な事々が理解できるようになるのだ。なるほど親の感情ってこういうことか、とか、もっといえば生物の生きる原理ってここにあるのかといった、読書やロジックでは絶対に明らかにされない直観認識の雨あられが連日連夜、夏の夕立のように降りそそぐ。そんな状態にあるわけだから、親になったばかりの日々はある種の狂騒状態にあるといえ、その気分が冷めやらぬトランス状態で私は連載の執筆をつづけていたのである。

ところが、この狂騒の日々もせいぜい子供が三歳になるまでしかつづかない。四歳、五歳となるにしたがい、急角度で上昇していた子供の成長関数は漸減的にゆるやかになり、親の側の発見と認識変革の興奮も鎮静化する。もちろん子供がかわいくなくなるわけではない。それまで同様、いや、かわいさという観点からだけいえば、会話が成り立ち意思の疎通が可能となるぶん、それまで以上に関係は濃密になるとさえいえるだろう。しかし、それは誕生直後のスペクタクル度満点の面白い状態とはちょっとちがう。わかりやすくいえば、子供が成長するにともなって親は子のいる状態に慣れるのであり、子供がいる日々をようやく当たり前のものとして消化できるようになるという感じだ。その熱の少し醒めた冷静な目であらためてペネロペちゃんの原稿を読むと、いったい私は何を考えてこんな文章を書いていたのだろうと、ちょっと引いてしまう自分がいる。

当惑の原因は、ほかでもない娘の存在そのものだ。

子供ができると覚醒と自己認識の刷新がおとずれるわけだから、物を書く人間なら、誰もがこの状態について作品化したいと思うはずである。それが表現者としての正しい姿のはずだ。しかし子のいるすべての物書きが、育児について書くわけではない。その要因はそれぞれあるだろうが、大きなもののひとつは子供の視線にあるのではないだろうか。もし子供が大きくなりその文章を読むと、なぜこんなものを書いたんだと不貞腐《ふてくさ》れ、親子関係にひびが入りかねない。最悪の場合、グレてしまって子供の人生をねじまげる危険すらある。それは避けたいと思うのは、親としての当たり前の心境である。

当然ながら私もゴリラではないので、娘が成長してこの文章を読むとどう思うだろうかという視点ぐらい、連載開始時点からもちあわせていた。書かないほうがいいという選択も頭をかすめた。親としての理性はたしかにそう呼びかけていた。しかし、できなかった。書きたいという本能に抗うことができなかったのだ。やはりヒトよりゴリラもしくはチンパンジーに近いのかもしれない。

とりわけ心配なのが〈おちんちん〉や〈娘にかわいくなってもらいたい父親の心理〉といった、父と娘に介在する性について触れた文章である。娘が成熟し、大人になってから読んでくれるぶんには、もちろんかまわない。しかし万が一、思春期をむかえた頃に読んでしまったら、どういう反応を示すか。当然、気色悪いと思い、私のことを嫌悪し、二度と口をきいてもらえなくなるだろう。こんな悲しいことはない。だから親子関係を円滑に進めることを重視するなら、こんなことは書かないに越したことはない。

しかし書き手としての私からすると、この部分こそ父と娘の関係に迫るうえでの核心だと思うし、こんな気持ちになるんだという意味では、親になって一番面白い発見でもあった。それに私が父親になって発見したこの心理は、ここで書かないと永久に表には現れず、存在しなかったことになってしまうので、どうしても書かざるをえなかったのだ。とくに〈娘にかわいくなってもらいたい父親の心理〉は、あえてこの心理を章として独立して定位すべきだと思い、なかば無理やり連載の途中で突っこんだいきさつがあった。書籍化にあたってゲラを読み返したとき、何度もこの章だけは削ったほうがいいと判断が傾きかけたが、そのたびに思い直して、結局、のこしてしまった。

なぜのこしたのか、私は今、激しい自己嫌悪におちいっている。

事ここにいたった以上、もはやこの本をなんとか娘の目に触れないように極力つとめるほかない。娘が私の職業や活動にまったく関心をもたずに育ってくれると助かるのだが、残念ながらというか、嬉しいことにというか、娘はすでに私が探検をして本を書いていることをきちんと理解してくれており、新刊が出るたびに「あおちゃんにもちょーだい」といって見本を一冊拝借してゆく。そして本の縁に黒い油性マジックでお気に入りの模様を描きまくる。本書の存在にもすでにゲラ段階で気づいており、「ペネロぺって何？　え〜あおちゃんのこと〜」と興味津々である。万事休すだ。

本書はわが家では禁書扱いとなるだろう。願わくば娘が永久にこの本を読まないことを。

最後になるが、禁書の刊行に努力してくださった幻冬舎の菊地朱雅子さんにこの場を借りてお礼申し上げたい。

二〇一九年八月十三日　お盆の帰省で妻子不在となったさみしい自宅にて　角幡唯介

文庫版あとがき　子育ては究極の〈もののあはれ〉である

今年の夏は妻と娘と三人で、知床半島最高峰の羅臼岳にのぼった。

夏の家族登山はあいかわらずわが家の年中行事で、天狗岳にのぼった翌年は日光の白根山に登り、娘が小学生となったつぎの夏は北アルプスの常念岳から蝶ヶ岳を二泊三日で縦走した。

と、書くと、妻も娘もまるで自然大好き、キャンプ大好きのアウトドア人間だと思われるかもしれないが、事実は全然そうではなくて、むしろ二人は沖縄の海でリゾートを満喫したがっている。夏が近づくといつも、沖縄に行こうよ、といわれるのだが、まだコロナだし、とかなんとかいって、登山におつきあいしてもらっているのが実情なのである。

知床についても、最初は二人とも首を縦にふらなかった。だが、知床はヒグマの密生度が世界一で、もしかしたら会えるかもしれないし、糞や足跡がないということはないだろう、とぶつぶつつぶやいていると、娘がこれに食いついた。

「あおちゃん、野生のヒグマ見てみたいなぁ」

山や自然はともかく、娘は動物が大好きだ。ゴリラやゾウには関心はないが、イヌやウサギなどのかわいい系の動物には目がない。基準がよくわからないのだが、彼女のなかでは、ヒグマもかわいい系のほうに分類されているらしい。

こうして知床登山は実現のはこびとなった。ただし、山に登ることだけでなく、ヒグマについて調べ、それを夏休みの自由研究の素材にすることも目的となった。つまり取材だ。彼女は今年、ルポライターの一歩を踏みだしたというわけだ。

残念ながら登山は思ったとおりにいかなかった。本当は羅臼岳から硫黄山まで縦走するつもりでいたが、天気が悪く断念。羅臼岳頂上から見えるはずだった、海のなかに山の稜線がつらなる知床ならではの絶景も、濃霧で視界ゼロ。ヒグマとの出会いもなかったし、糞や足跡を見ることもなかった。道中、娘はキノコの写真ばかり撮っており、自由研究としてまとめたレポート『知床と山ぼうけん――ヒグマにあいにいく』は、さながらキノコ図鑑の様相を呈していた。

娘は今七歳の小学二年生である。十二月には八歳になる。さすがに、もうペネロペとよぶ年齢ではないので、普通に娘と書くことにする。

もう七歳か、という気持ちもある半面、娘が生まれてからまだ七年しかたっていないことが驚きでもある。あらためて本書を読みかえすと、神の子だの天才だの、われながら馬鹿馬鹿しいことを書いたものだと、呆れるところがないでもない。

ただ、生まれた直後は、本当に天才かもしれない、特別な才能があるかもしれない、と思ったことも事実だ。おそらくあれは一種の夢、きっと非日常の狂騒状態にあったのだろう。わが子が成長して新しい能力を獲得し、世界をつくりあげ、日々刷新してゆく日々がつづくと、親としては、どうしても天才かもしれんと勘違いしてしまう。だが、それがひと段落して成長曲線がゆるやかになってくると、その興奮も冷め、冷静な目でわが子をながめるようになる。そしてどうやら天才ではないらしいことに気づき、日常をとりもどす。モーツァルトみたいな真に天才な子をもった例外をのぞき、ほぼすべての親はこうした変遷をたどるのではないか。

娘は友達と遊ぶのが何より楽しい、じつに普通の子である。もう土日に山や海にさそっても、友達との約束を優先し、私とはあまり遊びたがらなくなった。ちょっと寂しいけど健全だ。最近は、将来は小学校の先生になりたいといいはじめている。他人に何かを教えるのが好きらしく、教師という職がじつに魅力的にうつるらしい。これはまったく私にはない感覚だ。でも、白目をむいて人を笑わせようとするところは、私にもよくわかる。

白目同様、似てほしくないところが似てしまったな、と思うことも少なくない。たとえば忘れっぽいところ、それに理屈っぽいところもそうだ。

園児のころから娘はサンタクロースの存在に疑問をなげかけていたが、それは、トナカイが空をとぶことや、遠くに住んでいるサンタが日本の子供たちの家の場所を把握していることが、理屈にあわないからだ。

最近は生殖の秘密について、やたらと質問してくる。

「お父さんと、お母さんは元々赤の他人でしょ。赤の他人が結婚して一緒に住んで、お母さんのお腹から子供がうまれて、どうしてそれがお父さんに似ているの？」

「結婚して一緒になったら、お父さんの成分がお母さんの身体に入りこむんだよ」

「じゃあ、どうしてあおちゃんの成分はお母さんのなかにはいりこまないの？」

「親子のあいだでは成分の交換はないんだよ。重要なのは愛するってことで、男と女が愛しあってはじめて男の成分が入りこんで子供ができるってわけよ」

この説明ではたして彼女は納得しただろうか。

この本を書き終えてから、新しい発見がひとつあった。何かというと、七歳である今が、一番かわいいということだ。

一歳や二歳だった頃、私は娘のことを、この地球上でこれ以上かわいい存在はいない、神の子だと感じ、ペネロペとよんだ。だが四歳になったとき、二歳のときより今のほうがかわいい、と感じた。そして七歳になった現在、どういう感覚かというと、四歳のときより今のほうがかわいいと思っているのだ。

たしかにもう、二歳のときのような〝子育てハイ〟みたいなことはなく、子供がいる環境に慣れている。狂騒感は完全にうせた。でも、だからといって、子供のかわいさが逓減したということはなく、今が一番かわいい、という状態がキープされているのだ。

先日、六十歳ほどのベテランの方々と山登りをしたときにその話をしたのだが、おどろいたことに、その方々も「うちの娘も三十になるけど、あいかわらずかわいいよ」と口々にのべた。たぶん三十になったら三十になったで、今が一番かわいい、と感じるのだろう。

これはじつに不思議な感覚だ。でもちょっと考えたら当たり前かもしれない。親子関係には過去はなく、今しかない。子供は成長して日々あり様が更新される。だから今のかわいいこそ唯一絶対なのであり、過去と比較できるようなものではないのである。

私が思うに、子をもつ感覚は、本居宣長のいうところの〈もののあはれ〉の典型的なものではないか。

いきなり〈もののあはれ〉論が飛びだして、びっくりしたかもしれないが、つまりこういうことだ。

宣長は『石上私淑言』のなかで、〈もののあはれ〉についてつぎのように述べている。

〈阿波礼《あはれ》といふ言葉は、さまぐ〵いひかたはかはりたれども、其意はみな同じ事にて、見る物、聞く事、なすわざにふれて、情《こころ》の深く感ずる事をいふ也。俗にはたゞ悲哀をのみあはれと心得たれ共、さにあらず。すべてうれし共、おかし共、たのし共、かなし共、恋し共、情に感ずる事はみな阿波礼也。……其本をいへば、すべて人の情の事にふれて感くはみな阿波礼なり。故に人の情の深く感ずべき事を、すべて物のあはれとはいふ也。〉

あはれというと、なにか物悲しいときにつかう言葉のように思われているが、そうではない。嬉しいこと、たのしいこと、恋しいこと、おかしいこと、これらはすべてあはれという言葉で表現できる。つまりあはれとは、折に触れて何かを感じ、心がうごかされること、それらすべての情動をさす言葉である。

そして、あはれを感じたとき、人は何をするか。重要なのは、ここだ。宣長によれば、歌をうたうというのだ。

歌とは表現のことだ。つまり何かに触れて、心がうごき、嗚呼嬉しいなあとか、楽しいなあと思ったとき、人はそれを言葉にして、誰かに伝えたいと思う。それが人の心の自然なはたらきだというのである。

〈歌といふ物は、物のあはれにたへぬ時よみいでゝ、おのづから心をのぶるのみにもあらず。

いたりてあはれの深き時は、みづからよみ出でたるばかりにては、猶心ゆかずあきたらねば、人に聞かせてなぐさむ物也。人のこれを聞きてあはれと思ふ時に、いたく心のはるゝ物也。……其聞く人もげにと思ひてあはれがれば、いよ〳〵こなたの心ははるゝ物也。さればすべて心にふかく感ずる事は、人にいひきかせではやみがたき物也。〉

歌というものは、つまり表現というものは、何かにふれて心がうごき、〈もののあはれ〉を感じたときに自然とわきでてくるものだ。でもそれだけではない。感動がとても深いときは、自分で歌を読んだだけでは心はみたされない。ほかの人に聞いてもらってはじめて、心はなぐさめられる。そしてその人が私の感動を聞いてくれて、そうだね、それはじつにあはれなことだね、と共感してくれたら、本当の意味で心が晴れるのである。だから感動を誰かに伝えたいと思うのは、じつに自然なことなのである。

大意はそんなところだと思うが、この宣長の〈もののあはれ〉論は人間の存在論の基底にふれているのではないかと、私は思う。

人は生きているかぎり、何かを経験し、経験するたびに、心がうごいて何かを感じる。そしてこの気持ちをこの世界に結晶化したいという気持ちがおのずと生じ、それを言葉にして誰かに伝えたいと思う。そしてそれを聞いた人が一緒になって感動し、喜んでくれたら、その私が感じた〈もののあはれ〉は存在として現実化する。それは、その〈もののあはれ〉を感じた私が正当な存在として、この世界にうけいれられたことを意味する。

だから人は喜びを他者につたえようとする。

子供ができること、それは人生において最大級の〈もののあはれ〉である。世の中にこんなかわいい存在がいるということを、是非ほかの人に知ってもらいたい、わかちあってもらいたい。これは親になった人間の自然で普遍的な気持ちだ。だからすべての親は子供について話をしたがるし、年賀状には大きくなった子供の写真を載せたがる。そして、本当だ、かわいいなぁと言ってもらえることを期待する。これは人間の、生き物としての、もっとも根源的な表現形態なのである。

この本は、私の〈もののあはれ〉を書いた作品だ。子供ができたときの心の動きを、私はここに率直に書いた。読者に子供ができる喜びと驚きをつたえたいと思って書いた。だから、この本は私にとっての歌である。理性ではやめたほうがいいと思いつつ、書きたいという欲望をおさえられなかったのは、私がゴリラではなく、人としての自然な心のはたらきにしたがっていたからなのである。

そしてこの自然のメカニズムにしたがい、つぎなる〈もののあはれ〉をここにしるせば、このほど妻が第二子を懐妊したことが判明した。第二子はもう完全にあきらめていたのだが、人生わからないものである。私はそれを伝えたくてたまらない。だから、妻から不平をいわれるのがわかっていつつも、ついついここに書いてしまった。ごめんなさい。
現在、お腹の子は家族のあいだで〝マメタ〟とよばれている。予定では、マメタは来年四月にこの地球上に誕生することになっている。私は、家族の仲間が増えることが今から楽しみで仕方がない。残念なのは、このときは北極で犬橇旅行真っ最中の予定で、出産には立ちあえないことだ。

解説は武田砂鉄さんにお願いしました。目下、某PR誌で父親ではない立場から親について考察している武田さんにこの本をよんでもらい、反応を読んでみたい、と思ったからです。私の無理難題を快諾してくれた武田さんに深く感謝します。また、単行本にひきつづき文庫化も幻冬舎の菊地朱雅子さんにお世話になりました。ひとりよがりなこの本を文庫にまでしていただき、感に堪えません。この場をかりてお礼申しあげます。

二〇二一年十月六日　角幡唯介

解説——なんか悔しくなってきた

武田砂鉄

あまり大きな声では言えないけれど、誰かの子育ての話って、面白くない時も結構ある。「この話はみんなが興味を持ってくれる」という前提を強要されると、こちらは「えっ、そんなことはないのだけれど」と心の中で思いつつ、精一杯の笑顔を作る。自分の場合、この笑顔は「自分には興味のない映画の感想を延々と述べてくる人」の前で見せる笑顔と同じである。後者への不満に対しては、圧倒的な共感が押し寄せるだろう。私もその笑顔になったことがある、あれ、ホントに面倒だよね、こっちが無理して笑顔を作っていることにどうして気づかないんだろうね、と。初夏、新入社員が会社という仕組みに慣れ始めた頃、オフィス街にあるチェーン店のカフェに行くと、この手の愚痴にかなりの確率で遭遇できる。

どんなテーマの話でも、面白い話と面白くない話がある。「道端で10円を拾った話」を面白おかしく話す人がいれば、「海外旅行先でバッグ一式を盗まれて、無一文になって朝まで河川敷で泣いていたら、通りかかった人が10ドルくれた話」をちっとも面白くならないまま話す人がいる。これはもう、実力差だ。残酷な分析だがそれ以外にない。この手の分析を誰だってやっている。今、あなたの周りにいる友人のことを思い浮かべて欲しい。その人と話すのがなぜ面白いか。馬が合う、反りが合う、そんな感じだろう。自分の目の前に現れた多くの人のうち、その人に絞られていったのは、あるいは自分が選ばれたのは、かなり感覚的なところで合致しているからだ。

自分は今、38歳。角幡唯介の娘・ペネロペちゃんが生まれた時、角幡は37歳だったから、彼が父親になったのとおよそ同じくらいの年齢だ。角幡がそうだったように、自分の周りにも父親や母親になる人が続出している。そんな人から、しょっちゅう、子育ての話を聞く。笑い転げる時と、笑い転げない時がある。長年の信頼関係がある相手の場合は、踏み込んだことを言ってみる。「ところで、その話、そんなに面白くないよ」。相手の顔がみるみる曇っていく。そんなこと言われたの初めて、という顔をする。みんなが興味を持ってくれる話だと信じてやまない、という表情が一変する。こういう時に分厚い信頼関係は助かる。多少揺さぶってもぐらつかないからだ。要約すると、私はこんなことを言う。「赤ちゃんが生まれたのは本当におめでたいし、子育ても大変そうだけど、ひとまず、その話は、そんなに面白くないよ」。どんな話であっても、面白かったり面白くなかったりするのだから、子どもの話がどっちに転ぶかわからないのは当然である。

ちなみに、自分は結婚してはいるものの、子どもはいない。自分で書いておきながらこの一文は良くない。結婚をしてなくても、子どもがいていい。結婚をしたら、そのうち子どもがいる生活に入るのが普通だと思っている、なんて前提も見える。だから良くない。今、ある月刊誌で「父ではありませんが　第三者として考える」と題した連載をしている。角幡は、その連載の存在をどうやら知っているようで、だからこそ、この文庫解説をあえて私に頼んだようなのだ。なかなかのグッドチョイスだ。もし、同じように、子育て中の同業者に頼んだとしたら、わかる、ウケる、こっちはもっとあれが大変だよ、という、同調性の高い面白い話になるに決まっている。そこを外したのは、角幡らしい選択だ。

本書を単行本で手に取った時、オビに「子どもは、極夜より面白い。」と書かれていた。そんなバカな、と思いながら、この驚かせ方が何かに似ているなと思った。アレだ。オリンピックで金メダルを獲った選手が、その後でバラエティ番組に出て、芸能人とスポーツ対決をする時に、なぜか「オリンピックよりも緊張しますよ～」と言うアレに似ている。その結果、見事に勝利して番組のグッズをもらったりすると「金メダルよりも嬉しいです！」と言うのだ。テレビの前にあるソファにだらしなく横たわりながら「なわけねぇだろ！」と思う。「子どもは、極夜より面白い。」というオビを読んだ時にも同じような気持ちになった。ここでいう「極夜」とは、角幡が『極夜行』という作品で、太陽の出ない北極圏を旅した経験のことを指す。少なくとも、自分の知っている人の中では角幡しか経験していないことと、割と多くの人が経験している我が子との日々を比べて、角幡は、子どものほうが面白いと言い張っているのである。

私は角幡作品の熱心な読者である。新刊が出るたびに読んでいる。その感想をもっとも稚拙に述べれば、「普通、行かないところに行ってきて、それをこんなに躍動感のある文章で書くなんて、とってもすごい人だな」である。それなのに、角幡は、そういう経験よりも、子どものほうが面白いと宣言してきたのである。単身で探検に臨む角幡は、いつも脳内にわいてくる邪念や雑念と格闘している。そびえ立つ山と自分、極寒の夜と自分だけになると、人間はとんでもないことを考える生き物だと知る。それは角幡だけなのかもしれないが、他の例を知らないので、比較せずに角幡の言葉を素直に浴びる。そのことを本書で角幡は「探検家と名乗っただけで世間は探検家的固定観念で私のことをとらえようとする」と、ちょっと苛立ちながら書いている。でも、その固定観念をひっくり返す出来事がこちらに起きないのだ。だから勝手にヤバい人と認識し、捉え方を変えない。でも実は「自分で思うのだが、私は意外に保守的な人間だと思う。基本的に変化を望まない人間だ」と記す。これにもまた引っかかる。この文章の「意外」の使い方は、スタイルの良さで知られている俳優が「こう見えて意外と食生活には無頓着なんです。昨日もラーメンの汁まで飲んじゃいました」と言う時の使い方に似ているのではないか。

妻の妊娠を知った角幡は、ちょっと動揺する。妊娠しているとはどういう状態かと想像し、それはウンコと違うのか、似てなくもないのかと考えるなどした後に、出産に立ち会い、感動で涙を流す。以降、親バカの吐露が力強く続く。「さて話は突然変わりますが、このような別格とまで評されるかわいい娘をもつ親の気持ちを、あなたはいったいどこまで理解されているというのでしょう?」とのこと。「人生がかたまり老化にむかってゆっくりと衰退の道を歩みはじめた四十男にとって、将来は楽しみというよりむしろ恐怖である。ところが、子供ができると自分が老いるというその現実から人間は目をそむけることができる」とのこと。

本当にそうなのか。そんなこと言い切っていいのか。なんというか、あまりにも見解が普通じゃありませんか。角幡は、子どもが生まれるまで、「自分が大人になったという自覚を一度も持ったことがなかった」そうだ。でも、「娘が生まれた瞬間から、私は身体の内部から〈大人の自覚〉という文字の刻まれた巨木がメキメキと外側の殻を突き破ってのびてくるのを感じた」と言う。本当にそうなのか。それまでも「大人の自覚」はあって、子どもが生まれて別バージョンに改まっただけではないのか。そんな疑いを持ちながら読み進めていくと、とにかく親バカモードが極まっていく。あれ、確かに、極夜よりも楽しんでいる感じがしてくる。生命の誕生を、そして成長をずっと寿いでいる。子どもを前にして、妻を前にして、角幡は、それなりに自分勝手な理解もする。自分勝手な行動をする。探検には行く、子どもとは一緒にいたい、だから、探検中でも子どもと話をしたい、と思う。なかなか直情的だ。子どものことが、ものすごく大好きで、ものすごく特別視している。

冷静になって考えてみる。これはもしかして、角幡の突出した文章力や観察力が面白く読ませているだけなのではないか。ただ、それだけではないのか。それとも、ペネロペちゃんがマジで誰よりも可愛くて、誰が目にしても、興奮のうちに書き連ねたくなるような存在なのだろうか。角幡は、娘を育てるお父さんとして、「男の変な美学にどっぷり浸かっている一人」との自覚を持っている。自分にとって大切すぎる娘に、誰よりも可愛くなってもらいたいらしい。気持ちが暴走している。気持ちの暴走を誰も止めようとはしない。これまでの角幡作品にあった、角幡の行く手を阻む悪天候や食糧不足や凍傷の類いが、角幡とペネロペちゃんの間には起こらない。妻との揉め事は繰り返されるが、そこに命の危険はない。

子育てをしたことがないのでわからない。極夜を旅したことがないのでわからない。つまり、両方わからない。でも、両方面白い。どうしてなんだろう。子育ての話だからではなく、極夜の話だからではなく、やっぱり、角幡が書く文章だから面白いのだ。子育ての話を書いた角幡は、子育ての話でも面白いのではなく、角幡が面白いのだから、子どもを育てていない話でも面白いのではないかと思う。そのことに興奮する。ジャンルは違うが同業者なので、そのことに嫉妬してしまう。どんなテーマの話でも、面白い話と面白くない話があって、この人は、どんなテーマでも面白い話ができてしまうのだ。子どもとか、極夜とか、そのどっちがいいとかじゃないのだ。なんか悔しくなってきた。

——ライター

この作品は二〇一九年十月小社より刊行されたものです。
JASRAC 出 2109162-101

探検《たんけん》家《か》とペネロペちゃん

角幡唯介《かくはたゆうすけ》

令和3年12月10日　初版発行

発行人——石原正康
編集人——高部真人
発行所——株式会社幻冬舎
〒151-0051東京都渋谷区千駄ヶ谷4-9-7
電話　03(5411)6222(営業)
　　　03(5411)6211(編集)
　　　振替00120-8-767643
印刷・製本—中央精版印刷株式会社
装丁者——高橋雅之

幻冬舎文庫

ISBN978-4-344-43143-0　C0195　か-47-2

幻冬舎ホームページアドレス　https://www.gentosha.co.jp/
この本に関するご意見・ご感想をメールでお寄せいただく場合は、
comment@gentosha.co.jpまで。